O IMPACTO APOSTÓLICO

CÉSAR AUGUSTO

O IMPACTO APOSTÓLICO

O PAPEL *do* APÓSTOLO *na* CONSTRUÇÃO *do* REINO DE DEUS

THOMAS NELSON
BRASIL®

Rio de Janeiro, 2017

As citações bíblicas são da *Almeida Revista e Atualizada*, da Sociedade Bíblica do Brasil, a menos que seja especificada outra versão da Bíblia Sagrada.

Os pontos de vista desta obra são de responsabilidade de seus autores, não refletindo necessariamente a posição da Thomas Nelson Brasil, da HarperCollins Christian Publishing ou de sua equipe editorial.

PUBLISHER *Omar de Souza*
GERENTE EDITORIAL *Samuel Coto*
EDITOR *André Lodos Tangerino*
ASSISTENTE EDITORIAL *Marina Castro*
EDIÇÃO DE TEXTO *Mônica Vendrame*
PREPARAÇÃO *Patricia Garcia Costa*
REVISÃO *Lucas Serniker*
DIAGRAMAÇÃO E PROJETO GRÁFICO *Abreu's System*

CIP-BRASIL. CATALOGAÇÃO NA PUBLICAÇÃO
SINDICATO NACIONAL DOS EDITORES DE LIVROS, RJ

S56A936i

Augusto, César
O impacto apostólico : o papel do apóstolo na construção do reino de Deus / César Augusto. – 1. ed. – Rio de Janeiro : Thomas Nelson Brasil, 2017.

192 p. : il.
ISBN: 9788578602932

1. Cristianismo. 2. Vida cristã. 3. Igreja. I. Título.

17-40308 CDD: 248.4
CDU: 27-584

Thomas Nelson Brasil é uma marca licenciada à Vida Melhor Editora S.A.

Rua da Quitanda, 86, sala 218 – Centro
Rio de Janeiro, RJ – CEP 20091-005
Tel.: (21) 3175-1030
www.thomasnelson.com.br

Sumário

Apresentação

> *"E a uns pôs Deus na igreja, primeiramente apóstolos, em segundo lugar profetas, em terceiro doutores, depois milagres, depois dons de curar, socorros, governos, variedades de línguas."*
>
> (1Coríntios 12:28)

Mentes apostólicas precisam ser levantadas nos territórios da promessa. Essas mentes precisam ser adequadamente adestradas para levantar uma geração de filhos que confessem a visão do Reino sem perder o foco do Céu. Ser um líder apostólico não é tarefa fácil, pois podemos entregar a própria vida para cumprir essa chamada gloriosa. E eu agradeço a Deus por abrir a nossa mente para nascer uma geração apostólica e vermos homens com tanta responsabilidade formando atalaias para que continuem forjando o caráter de Cristo em meio a uma época tão necessitada de bons mentores.

Ao ser convidado pelo consagrado apóstolo César Augusto, senti-me com a indelével incumbência de prefaciar este livro, que trata de um tema que impacta, visto que é notória sua diversificada habilidade de escrever sobre assuntos de vital importância para a Igreja.

Sabemos que Jesus, nosso modelo em tudo, inclusive no ministério apostólico, intitulou os próprios discípulos como apóstolos para emergirem na obra com a Igreja primitiva depois de serem treinados como servos e confirmados com a unção específica, que receberam para a soberana vocação de serem enviados da parte do Senhor como embaixadores, generais e patriarcas do Evangelho a todas as nações da Terra.

A instituição dos apóstolos foi feita visando à restauração do Reino e à mudança geográfica em todas as esferas para uma conquista amplamente relevante em áreas específicas e globais, tais como: mídia, governo (política), educação, economia (negócios), religião, celebração (arte e entretenimento) e família, que é a célula mater da sociedade. Sem essas conquistas de mentoria apostólica, a restauração do Reino não vem.

A unção apostólica de hoje é a mesma: sair e fazer discípulos, como comissionados, visto que o apóstolo tem a chave do ministério quíntuplo e é responsável para abrir todas as portas ministeriais. O apóstolo também é evangelista, pastor, profeta, mestre e ainda absorve outras funções eclesiásticas, o que o respalda a ungir outros apóstolos, como Paulo disse a Timóteo: "como homens fiéis, que fossem idôneos, para também ensinarem a outros" (parafraseando). Essa chamada inequívoca também está registrada em Efésios 4:11.

César Augusto tem as marcas do apostolado, ressaltadas pelo sacrifício e a abnegação, dedicando sua vida ao Evangelho, pagando um alto preço com o seu exemplo. Foi provado e tem sido aprovado no seu ministério. Sua vida, em nossos dias, é a autenticidade do apostolado que não pode ser questionado e confrontado, como fazem alguns, que apontam esse ministério como parte do cristianismo moderno, o que caracteriza um erro histórico e teológico.

Eu me alegro em ver que a vida desse nobre homem tem sido pautada no compromisso de servir ao Rei e ao Reino sem tréguas, vencendo as difamações e calúnias que surgem na caminhada. No Brasil, temos visto que César Augusto faz parte da nova geração de apóstolos que ministram como embaixadores e que lutam para prosseguir inteiramente sem manchas, sem litígios entre irmãos, sem causa ilegal ou injusta.

Alguns pensam diferentemente de nós, e estes não são poucos, mas com a maturidade do Reino, respeitamos a caminhada que foi proposta a cada um na multiforme maneira de caminhar. Isso é um dom divino para que a inteligência do Reino seja consolidada em cada vida. Cabe a cada apóstolo se esmerar e viver o ministério da Palavra para conquistar territórios e os manter limpos na doutrina dos santos.

Parabéns, meu irmão, por viver o que disse o apóstolo Paulo em 2Coríntios 6:1-11: "Mas haveis sido santificados, mas haveis sido justificados, em nome do Senhor Jesus, e pelo Espírito do nosso Deus". Não há como negar que estamos em um tempo no qual Deus reacende a chama apostólica e em que podemos nos alegrar por recomendar, aos novos e antigos ministros e discípulos, esta preciosa obra, respaldada na Palavra, e observando os exemplos não somente a serem seguidos, mas vividos, enquanto aguardamos a gloriosa vinda do Senhor.

É gratificante vermos homens que vencem com louvor, apesar de estarem sujeitos às mesmas falhas que os restantes; que se portam no bem testemunho de Elias, não se entregando a paixões comuns. "Elias era homem sujeito às mesmas paixões que nós, e orando, pediu que não chovesse, e por três anos e seis meses não choveu sobre a Terra..." (Tiago 4:17). A misericórdia de Deus é sobre você para sustentá-lo a cada dia e aperfeiçoá-lo na fé, no poder do Espírito Santo, vencendo todas as suas guerras territoriais para instalar a restauração do Evangelho do Reino.

Você, César Augusto, é um líder com unção apostólica e liderança além-fronteiras, e com provas de crescimento de frutificação. Comprovamos, pelos seus resultados, que você tem autoridade e idoneidade para escrever sobre este tema. Parabenizo você pela iniciativa em deixar em papel esta obra fidedigna à Palavra, que será alimento sólido para milhares e que se tornará uma ferramenta poderosa para abrir o entendimento e moldar o caráter apostólico da Igreja de Jesus.

Podemos nos alegrar por recomendar, aos novos e maduros, ministros e discípulos, esta preciosa obra, respaldada na Palavra e observando os exemplos não somente a serem seguidos, mas vividos, enquanto aguardamos a gloriosa vinda do Senhor.

Estou crédulo de que este não é só um livro, mas um pergaminho de tamanha relevância que modelará a mente de líderes apaixonados que trabalharão com a mão no arado sem olharem para trás. E, com certeza, este livro será inspiração para a geração profética de apóstolos dos tempos vindouros e dos discípulos de todas as épocas, de forma que todos possam se inclinar diante d'Aquele que é o Único e Digno de receber a glória, a honra e toda a adoração.

Esta obra chegará a lugares inimagináveis, pois o conteúdo e a visão aqui abordados edificarão o Corpo de Cristo e abrirão a mente do povo apostólico para chegar às alturas. Recomendo este livro, acreditando que sairá das prateleiras e saltará para o coração do povo.

Obrigado, querido amigo de ministério, César Augusto, por se doar e ser uma inspiração apostólica em meio a tantos desvios de conduta doutrinária. Por tudo isso, a leitura deste manancial fará que se extraia riqueza para a formatação de um caráter sólido.

Apóstolo Renê Terra Nova

Por que recomendo este livro

Recomendo este livro por ele ser uma reflexão clara, lúcida e bem alicerçada na Bíblia, tendo como tema principal a Igreja. Recomendo este livro por ele ser uma análise das condições da Igreja primitiva comparadas com as condições da Igreja evangélica atual. Recomendo este livro por ele ser um alerta a todos os evangélicos que estão sofrendo o ataque das seitas, e não recebem em suas igrejas conhecimento das doutrinas bíblicas que os prepararão para se defender e evangelizar, com mansidão e temor, os adeptos de seitas (1Pedro 3:15).

Recomendo este livro por ele ser um instrumento que abre os olhos de todos nós, pastores, para a necessidade da prática contínua e intensa do discipulado. Recomendo este livro por ele ser um convite à santidade, à adoração e à vida profunda com Deus. Recomendo este livro por ele ter, nas entrelinhas, a presença do Espírito Santo, que inspirou o seu autor, e que mesmo não tendo jamais a pretensão de se ombrear com o grau de inspiração única dos 66 livros da Bíblia, propõe-se a nos fortalecer, a nos esclarecer, a nos enriquecer com seus temas.

Finalmente, recomendo este livro por ele ter sido escrito por um homem temente a Deus, que ama tanto o Noivo que se aprofundou no estudo da Noiva, e a está presenteando com esta obra. Pela excelência dos seus assuntos, este livro é um verdadeiro colar de diamantes de sabedoria, doutrina bíblica e alerta a todos os que têm responsabilidade de zelar pela Noiva do Senhor.

Pastor Silas Lima Malafaia

Prefácio

Então, falou Jesus às multidões e aos seus discípulos: Na cadeira de Moisés, se assentaram os escribas e os fariseus. Fazei e guardai, pois, tudo quanto eles vos disserem, porém não os imiteis nas suas obras; porque dizem e não fazem. Atam fardos pesados [e difíceis de carregar] e os põem sobre os ombros dos homens; entretanto, eles mesmos nem com o dedo querem movê-los. Praticam, porém, todas as suas obras com o fim de serem vistos dos homens; pois alargam os seus filactérios e alongam as suas franjas. Amam o primeiro lugar nos banquetes e as primeiras cadeiras nas sinagogas, as saudações nas praças e o serem chamados mestres pelos homens.

(Mateus 23:1-7)

Quando iniciamos o nosso ministério, há mais de 40 anos, muitas igrejas viviam debaixo da escravidão da religiosidade. Mesmo na igreja onde me converti, pentecostal, muitas eram as regras, doutrinas e políticas humanas que tentavam achatar qualquer mover novo e diferente da tradição. No meu coração fervia o primeiro amor por Jesus: queria pregar aos quatro cantos e ganhar o Brasil para Cristo, mas fui tolhido de muitas formas. Isso não me parou, mas com certeza paralisou muitas outras iniciativas. Em minha pouca experiência e idade, eu não compreendia o cenário todo e achava que se tratava de uma má vontade de homens cansados ou desanimados. Mas não era só isso.

Anos mais tarde, quando o Senhor nos deu a visão de restauração de vidas que nortearia nosso chamado e começou a trazer a revelação sobre o resgate do mover apostólico, compreendi que a religiosidade é um sistema maligno que contamina os servos de Deus sem que, muitas vezes, eles percebam, e cujo propósito é entulhar os poços ou enferrujar a engrenagem da Igreja de Jesus Cristo. É o espírito de Saul tentando corroer as bases da Igreja; é o espírito da usurpação e da rebeldia, o espírito que tenta impedir o mover sacerdotal no corpo de Cristo.

Os fariseus lutavam para se sentar nos primeiros lugares da sinagoga, impunham regras que nem eles conseguiam cumprir. Viviam de aparência e faziam questão de serem respeitados e reverenciados, além de alimentarem facções e divisões. A religiosidade valoriza a aparência, o status, a condição financeira; faz acepção de pessoas. E dá margem para que se forme uma geração que não deseja ser tratada por Deus, mas que acha que pode tratar a Deus. Essas pessoas vivem o evangelho do "achismo", querendo que a Igreja viva segundo suas conveniências pessoais.

A religiosidade semeia a divisão entre pastores e líderes; cada um no seu feudo, guerreando com armas carnais que nada podem contra as hostes malignas. Isso enfraquece a Igreja, atrasa o plano de Deus e tira o foco dos perdidos. E corremos o grande risco de nos tornamos igrejas mornas.

Todos os dias o diabo quer destruir o futuro da Igreja, porque nós somos o resultado do penoso trabalho de Cristo. A Igreja apostólica vive aquilo que foi plantado por Jesus. Ele plantou com a sua própria vida, semeada sobre todos nós na cruz do calvário. E Ele não fez isso para que a Igreja tivesse um futuro de problemas, fofocas, intrigas, mentiras, ou para que a Igreja fosse amarrada por homens que têm sede de poder ou que querem exercer um domínio carnal.

A Igreja tem um futuro maravilhoso e glorioso porque Jesus virá buscar uma noiva restaurada e soberana. Todos nós fazemos parte deste futuro glorioso da Igreja de Jesus Cristo e toda contaminação que o diabo tentou colocar para roubar esse futuro está denunciada, em nome de Jesus!

Por tudo isso e por todo o nosso desejo de ver a Igreja de Cristo crescendo e brilhando como o sol no seu resplendor é que sinto grande alegria ao prefaciar esta obra do meu querido amigo, apóstolo César Augusto. Uma obra que trata da restauração da Igreja por meio da autoridade apostólica. Um livro que deixa claro quais são os valores do Reino de Deus e que conclama todos a se moverem em favor desse Reino. Uma obra que marca o tempo apostólico que estamos vivendo e que alerta a Igreja para que não sejamos mais presas da religiosidade e seus artifícios demoníacos.

Todo esforço para esclarecermos e endossarmos o motivo por que Deus vem restaurando o apostolado e o que isso significa; todo esforço para trazer parâmetros claros de conduta e ética cristã para líderes; todo esforço para trazermos um despertamento sobre a necessidade de mais santificação e consagração; todo esforço para prepararmos a Igreja para a volta de Cristo é louvável, precioso, e deve ser acolhido e interiorizado. É isto que essa importante obra traz para o Corpo de Cristo. Uma obra escrita por um homem que tem um compromisso de vida com Deus, que traz no corpo as marcas de Cristo.

Jesus disse a Pedro: "Dar-te-ei as chaves do reino dos céus; o que ligares na terra terá sido ligado nos céus; e o que desligares na terra terá sido desligado nos céus" (Mateus 16:19). Ao contrário do que muita gente imagina, Jesus não entregou a chaves do Reino para um homem. Ele as entregou para um apóstolo que representava a sua Igreja apostólica. Com isso, todos nós possuímos autoridade e temos estas chaves em nossas mãos para abrir as portas espirituais, mas muitas vezes não temos conhecimento e nem consciência disso. Tenho a certeza de que esse livro ajudará muitos líderes e muitas igrejas a se conscientizarem e despertarem para esse novo ciclo de Deus.

Por fim, quero deixar uma palavra do Senhor para você, meu irmão em Cristo, que tem um chamado e um ministério, e muitas vezes tem sido afrontado, acusado e assolado por dúvidas e desânimo: Deus não é incoerente. Ele não o chama hoje para derrubá-lo amanhã. Deus não fala ao seu coração para você ir nesta direção e depois manda você virar 180 graus. Você está passando por essa luta porque estamos em uma guerra de reinos, e o Senhor quer adestrar as nossas mãos para a batalha e nossos dedos para a guerra. Você não está sozinho; você não será destruído se enxergar-se como participante do Reino e se usar a arma da unidade.

Minha oração é para que seu ministério seja profundamente impactado por esta obra e pela visão apostólica! Boa leitura!

Apóstolo Estevam Hernandes

Introdução

> *[...] Hitler continuava a definir seus próprios planos para a igreja. Ele sabia muito bem como lidar com os pastores protestantes. "Pode-se fazer qualquer coisa que se queira com eles", disse certa vez. "Eles se submeterão [...] são gente insignificante, submissos como cães, e ficam embaraçados quando se fala com eles".*
>
> — *Bonhoeffer*, Eric Metaxas

A igreja de Cristo sempre correu riscos. Na Alemanha nazista, por exemplo, a ideia não era acabar com a igreja, mas transformá-la na Igreja Nacional do Reich. Alfred Rosenberg, um dos líderes do Terceiro Reich e um dos mais entusiasmados na criação da "nova" igreja, criou um programa de 30 itens com esse objetivo que incluía:

> A Igreja Nacional irá retirar de seus altares todos os crucifixos, Bíblias e imagens de santos. Sobre os altares não deve haver nada além de *Mein Kampf* (*Minha luta*, o livro mais sagrado para a nação alemã e, portanto, para Deus) e, à esquerda do altar, uma espada. No dia da sua fundação, a cruz cristã deve ser removida de todas as igrejas,

> catedrais e capelas [...] e deve ser substituída pelo único símbolo invencível, a suástica. (*Bonhoeffer*, Eric Metaxas)

Os planos do Terceiro Reich para a Igreja nunca se concretizaram nesses moldes escancarados do anticristo, graças a Deus, mas, de uma forma mais sutil, balançaram as estruturas e expuseram as fissuras de algumas lideranças protestantes na Alemanha de Adolf Hitler.

O mais desalentador não é que um louco queira desfigurar a Igreja, mas que seus membros não se deem conta ou permitam tal conduta. Na época, um grupo denominado Cristãos Alemães se levantou para tentar conciliar as ideias de Hitler com o cristianismo, um sincretismo que enganou a muitos. Por algum tempo, antes que sua verdadeira face se revelasse, cristãos sinceros imaginaram que Hitler fosse a resposta que a Alemanha precisava e que era um amigo da Igreja. Não era. "Mas talvez o aspecto mais grave da crise da Igreja tenha sido a complacência da corrente principal de líderes protestantes ao considerar a adoção do Parágrafo Ariano". (*Bonhoeffer*, Eric Metaxas)

O Parágrafo Ariano previa a separação dos judeus de todas as instâncias da sociedade — incluindo a Igreja — e muitos líderes protestantes não viram problemas em fazer uma pequena concessão em sua teologia. E de concessão em concessão, a Igreja deixa de ser aquela contra a qual as portas do inferno não prevalecem e se torna uma agremiação sem qualquer poder para confrontar as obras das trevas. A Igreja cristã na Alemanha, por exemplo, foi enfraquecida pelo engano e não conseguiu se levantar coesa como forte opositora dos horrores do regime nazista. Aqueles que o fizeram foram perseguidos e mortos, como foi o caso do próprio Dietrich Bonhoeffer.

A estratégia do inimigo não mudou: contaminar a Igreja para neutralizá-la e enfraquecê-la.

Hitler, em uma manifestação de desprezo explícito, comparou todos os pastores aos cães no sentido de uma passividade subserviente. Um desprezo até justificável graças aos maus representantes da categoria que se aliançaram ao nazismo e se deixaram impressionar e seduzir pelo poder e pelos discursos do Terceiro Reich. São aqueles a quem Judas descreve como:

> [...] rochas submersas, em vossas festas de fraternidade, banqueteando-se juntos sem qualquer recato, pastores que a si mesmos se apascentam; nuvens sem água impelidas pelos ventos; árvores em plena estação dos frutos, destes desprovidas, duplamente mortas, desarraigadas; ondas bravias do mar, que espumam as suas próprias sujidades; estrelas errantes, para as quais tem sido guardada a negridão das trevas, para sempre. (Judas 1:12-13)

Curiosamente, o profeta Isaías também comparou os pastores a cães. A diferença é que ele está exortando apenas os maus pastores:

> Os seus atalaias são cegos, nada sabem; todos são cães mudos, não podem ladrar; sonhadores preguiçosos, gostam de dormir. Tais cães são gulosos, nunca se fartam; são pastores que nada compreendem, e todos se tornam para o seu caminho, cada um para a sua ganância, todos sem exceção. (Isaías 56:10-11)

Calam-se quando deveriam denunciar; dormem quando deveriam estar atentos aos acontecimentos que colocam o rebanho em risco; fartam-se e locupletam-se quando deveriam buscar sobriedade, austeridade e altruísmo.

Ministrando em centenas de lugares pelo Brasil e mundo pude ver o desnível entre as lideranças eclesiásticas. Temos sacerdotes 100% consagrados e aqueles que não deveriam estar na posição que ocupam, pois não possuem, de fato, um chamado. Iniciaram ministérios que Deus não ordenou que iniciassem, dividiram o Corpo de Cristo e se tornaram pastores de si mesmos. Foram levantados de forma equivocada, com a motivação e os propósitos errados. Não pregam o evangelho eterno de Apocalipse 14:6 e não pregam o evangelho das insondáveis riquezas de Cristo de Efésios 3:8.

Precisamos atingir um novo patamar. Precisamos ser referências. Precisamos andar de modo digno da vocação para a qual fomos chamados. O mundo e a natureza esperam pela manifestação dos filhos de Deus, e nós, cristãos, acreditamos que isso se dará através da manifestação do Reino de Deus por meio de uma Igreja restaurada, concedida pela verdadeira autoridade apostólica. E que autoridade é essa? O que é a Igreja apostólica? É a Igreja que possui os fundamentos dos apóstolos, a igreja estruturada segundo o modelo e concepção de Cristo, como escreveu o apóstolo Paulo aos Efésios: "E ele mesmo concedeu uns para apóstolos, outros para profetas, outros para evangelistas e outros para pastores e mestres" (Efésios 4:11). Jesus mesmo elaborou essa estrutura pentagonal, isto é, com cinco funções e unções essenciais para aperfeiçoamento dos santos e unidade da fé. Nenhuma deve ser preterida em função da outra ou mistificada e engessada.

Jesus aponta cinco e não três ou quatro ministérios essenciais para o perfeito funcionamento da Igreja. Por isso, o Espírito Santo de Deus está levantando e reunindo apóstolos em todo o mundo. Muitos têm esse chamado e não sabem ou não creem. Muitos têm o título, mas não a unção e o verdadeiro chamado, nem por isso esse mover será interrompido. Paulo diz que será através da Igreja que a multiforme sabedoria de Deus se tornará conhecida dos principados e potestades nos lugares celestiais para que se cumpra o eterno propósito (Efésios 3:10). Isso é uma revelação tão e mais profunda que o próprio resgate do apostolado, mas, sem ele, a Igreja não estará completamente preenchida.

Não existe qualquer razão plausível para riscar os apóstolos do mapa da Igreja hoje. O falso argumento de que apóstolos foram apenas aqueles que andaram com Jesus é uma cana trincada, perigoso se apoiar nela. Volte à raiz da palavra "apóstolo" e diga se uma conotação religiosa e exclusivista faz sentido!

A ideia de escrever sobre o ministério apostólico veio com a visão que Deus sempre me deu sobre a restauração da Igreja. Como está hoje, ela não representa o padrão que Deus estabeleceu para que possa impactar as nações e dizer ao mundo com seu comportamento: "Maranata". Muito menos conseguirá enfrentar as hostes malignas sem se contaminar. O sentimento, a visão e o mover apostólicos são necessários para a:

> edificação do corpo de Cristo, até que todos cheguemos à unidade da fé e do pleno conhecimento do Filho de Deus, à perfeita varonilidade, à medida da estatura da plenitude de Cristo, para que não mais sejamos como meninos, agitados de um lado para outro e levados ao redor por todo vento de doutrina, pela artimanha dos homens, pela astúcia com que induzem ao erro (Efésios 4: 13-14).

Espero que este livro o ajude a alinhar-se com o propósito eterno. O intuito não é trazer julgamento e nem condenação, mas despertar a todos para a necessidade que a Igreja tem hoje de alcançar o padrão que Deus quer. Também não é polemizar. Gostaria que mesmo aqueles que não acreditam no ministério apostólico possam ler e refletir sobre a unidade e caminhar para a restauração da Igreja, até a volta do Senhor Jesus.

A Igreja precisa se levantar na força e na autoridade do seu Cabeça, Cristo. Precisa resgatar sua santidade, integridade e consagração necessárias para enfrentar essa guerra de reinos travada desde que Cristo se levantou para pisar a cabeça do grande dragão. E aquele que subiu acima de todos os céus para preencher todas as coisas nos ajudará a compreender qual a largura, o cumprimento, a altura e a profundidade do seu amor e, então, seremos tomados de toda a plenitude e toda a vida de Deus.

Apóstolo César Augusto

CAPÍTULO 1

A armadura de Saul

1.

História da Igreja — ascensão, declínio, reforma e restauração

> *"Quanto mais somos ceifados por vós, tanto mais crescemos em número; o sangue dos cristãos é semente."*
>
> *Apologia*, de Tertuliano.

A perseguição aos cristãos, promovida pelos imperadores romanos nos primeiros séculos do cristianismo, começando por Cláudio e Nero, foi algo terrível e de uma crueldade inominável. Mas, por incrível que pareça, esse não foi o maior problema da Igreja. Tanto que o famoso historiador Tertuliano escreveu que o sangue dos mártires era semente: quanto mais se matavam cristãos tanto mais crescia o número de novos convertidos.

O maior problema da Igreja, ao longo desses 21 séculos de cristianismo, foram as degradações internas, as contaminações e a consequente perda de sua essência. Foi o plano bem arquitetado do inimigo de contaminá-la, usando muitas vezes regras e dogmas que Deus não criou ou ordenou para limitar a ação do Espírito Santo. Com as perseguições, os cristãos se uniam e sua convicção se aguçava, mas as contaminações tinham e têm como objetivo neutralizar o poder e a influência da Igreja de Cristo na terra. "Se eu não posso com ela, vou juntar-me a ela, entrar por suas portas e conspurcá-la" — tramou Satanás.

O espírito da religiosidade apresentou-se para a missão e trabalha para impedir a Igreja de ser sal e luz, de ser modelo para a sociedade e ser efetiva em sua luta contra as obras das trevas. Invadida pelos valores do mundo, enfraquece e perde a condição de implantar o Reino de Deus. E o "venha o Teu Reino" (Mateus 6:10) que não acontece automaticamente, mas deve ser implantado, sofre sérios atrasos em seu cronograma.

É nesse contexto que ressurge a Igreja apostólica, com a missão fundamental de promover a restauração dos sentimentos e da consciência sobre a implantação do Reino de Deus — esse é o tema central deste livro.

E para entendermos o quadro todo, para identificarmos as ações do adversário contra a Igreja ao longo da história e não sermos mais ingênuos em relação aos seus desígnios (2Coríntios 2:11), vamos voltar um pouco no tempo.

A nascente Igreja e as perseguições

Após a ressurreição de Jesus e o Pentecostes, a Igreja começou a se organizar de forma singela, governada pelos 12 apóstolos e seus discípulos. Inicialmente, estava restrita a Jerusalém e seus arredores, mas após a conversão de Paulo, começa sua expansão pela Europa e Ásia.

E à medida que a Igreja se expandia, cresciam também as perseguições; primeiramente desencadeada pelos próprios judeus ortodoxos e, em seguida, as perseguições do Império Romano. A causa do ódio aos cristãos por parte de Roma incluía o caráter exclusivo do cristianismo. Isto é, enquanto o paganismo acolhia todos os deuses — o próprio imperador era considerado uma divindade — o cristianismo insistia na existência de um único Deus e em sua adoração exclusiva. Além disso, a maioria das crenças e doutrinas cristãs se opunha totalmente à forma de vida do império — imoralidade, perversidade, exploração do homem pelo homem, escravidão etc.

Jesse Lyman Hurlbut escreveu em seu livro *História da Igreja Cristã*:

> O cristianismo considerava todos os homens iguais. Não havia nenhuma distinção entre seus membros, nem em suas reuniões. Um escravo podia ser eleito bispo da igreja. Tudo isso eram coisas inaceitáveis para a mentalidade dos nobres, para os filósofos e para as classes governamentais. Os cristãos eram considerados niveladores da sociedade, portanto, anarquistas, perturbadores da ordem social. Por isso, eram tidos na conta de inimigos do Estado.

Existiam as motivações políticas e sociais para as perseguições, mas a principal delas era a espiritual: a tentativa de destruir a obra de Cristo na terra.

Os cristãos tinham suas posses roubadas e eram expulsos de suas casas. Eram acusados de cometer crimes absurdos e responsabilizados por todas as calamidades — fomes, doenças e catástrofes naturais. Por isso, eram odiados pela população. Quando Roma pegou fogo, Nero culpou os cristãos, e a população os odiou ainda mais. Um grande número de cristãos foi lançado às feras (em pele de ovelhas e de cabras para aguçar ainda mais o apetite dos animais), queimado vivo, e alguns crucificados nos anfiteatros.

> Alguns foram torturados, não aceitando seu resgate, para obterem superior ressurreição; outros, por sua vez, passaram pela prova de escárnios e açoites, sim, até de algemas e prisões. Foram apedrejados, provados, serrados pelo meio, mortos a fio de espada; andaram peregrinos, vestidos de peles de ovelhas e de cabras, necessitados, afligidos, maltratados (homens dos quais o mundo não era digno), errantes pelos desertos, pelos montes, pelas covas, pelos antros da terra. (Hebreus 11:35b-38)

Quase três séculos se passaram, alternando períodos de intensa perseguição e períodos em que o ódio afrouxava, até que um acontecimento inesperado colocaria fim àquela fase negra: a conversão do imperador. Um acontecimento que, em uma análise superficial, poderia parecer uma grande bênção, mas olhando com mais atenção, veremos que acabou contribuindo para a decadência do que chamamos de Igreja primitiva.

Da Igreja primitiva à Igreja Católica

Na primeira metade do século IV, o imperador Constantino, supostamente, se converteu. A história conta que ele tivera uma visão sobrenatural. Ele viu a cruz revestida de sol e junto dela a inscrição: "Sob este símbolo, vencerás". A partir daí, Constantino declarou-se seguidor de Jesus Cristo, contudo, dizem os historiadores, só aceitou o batismo quando já estava à beira da morte.

Com sua conversão, ele decreta que os cristãos teriam liberdade religiosa e ainda seriam protegidos pelo próprio imperador. Para quem vivia sob ameaças de morte constantes, este era um alívio e tanto.

Termina, assim, o tempo das perseguições e começa uma era de fortalecimento do poder da Igreja em Roma, sob patrocínio dos césares, o que acabou promovendo uma mistura entre o paganismo e o cristianismo. Resultado: uma série de doutrinas erradas, desde o culto a imagens, rituais supersticiosos, cerimônias idólatras, atos de penitência, adoração de relíquias e pagamento de grandes somas à Igreja. Tudo isto era ordenado para "aplacar a ira de Deus ou assegurar o Seu favor", uma terrível herança legalista e religiosa que nada tinha a ver com a verdade da graça de Deus. Restava pouca coisa da Igreja dos apóstolos. Nessa época, a Igreja já era chamada de católica, que quer dizer 'universal', e o bispo de Roma já era chamado de papa, que quer dizer 'pai'.

Após a morte do imperador Teodósio (365 d.C.), o império romano, que já estava dividido em parte oriental e ocidental, começou a ser atacado por tribos bárbaras. A porção ocidental, onde estava Roma, foi a mais atingida e essas invasões minaram o poder do imperador, mas curiosamente aumentaram a força do bispo de Roma, para quem a população passou a olhar como seu protetor.

Em 476, com o império romano dividido e enfraquecido por estas invasões, Rômulus Augustus foi deposto por Odoacro, rei dos hérulos. Esse evento põe fim ao império romano ocidental, mas não significa o fim da Igreja romana. Pelo contrário, o bispo de Roma permaneceu como o único representante da civilização latina e seu poder só crescia.

Esse momento da história também marca o início da Idade Média ou Idade das Trevas, um período de pouco mais de mil anos caracterizado por muita miséria, fome, guerras, ignorância e um grande poder da Igreja romana. Foi nesse período que episódios funestos como a Inquisição, a venda de indulgências e outros absurdos se sucederam e mancharam a história da Igreja cristã.

A supressão da Palavra de Deus

Nesta época, a Bíblia era praticamente desconhecida, não somente do povo, mas dos próprios sacerdotes. Apenas alguns eruditos conseguiam ter acesso a ela, pois permanecia em idiomas desconhecidos do povo.

Durante a Idade Média, a miséria do povo e os desmandos e abusos da Igreja eram tão grandes que alguns grupos passaram a questionar e se separar da igreja oficial para buscar a pureza da fé dos Evangelhos. Alguns grupos como os albigenses, também conhecidos como cátaros ou puritanos, rejeitavam a autoridade da igreja romana, preservavam e distribuíam o Novo Testamento e se opunham às doutrinas do purgatório e à adoração de imagens.

Por volta do ano de 1170, apareceram os valdenses. Liderados por Pedro Valdo, distribuíam textos bíblicos e, através dessa leitura, confrontavam as doutrinas da Igreja Católica e pretendiam abrir os olhos da população. Após serem perseguidos e expulsos da França, refugiaram-se na Itália.

Cerca de 150 anos mais tarde, surgiu na Inglaterra John Wycliffe. Formado em Harvard e doutor em teologia, ele se recusava a reconhecer a autoridade do papa e iniciou na Inglaterra um movimento de libertação do domínio romano e de reforma da Igreja. Sua grande contribuição ao cristianismo foi a tradução do Novo Testamento para o inglês, terminada em 1380.

John Russ, nascido na Boêmia — hoje República Tcheca — foi um dos leitores da obra de Wycliffe. Ele também pregava a necessidade de libertação do domínio papal. Foi reitor da universidade de Praga e influenciou toda aquela região. Foi excomungado pelo papa e sentenciado a morrer queimado em 1415.

A reforma protestante

Após cerca de 1500 anos de um cristianismo que se deixou contaminar e perdeu sua essência, surge Martinho Lutero. Na manhã de 31 de outubro de 1517, Lutero afixou um pergaminho com suas 95 teses na porta da catedral de Wittenberg, na Alemanha. Esse documento continha declarações que colocavam em cheque as atitudes do clero romano sob a luz das Escrituras Sagradas. As ideias de Lutero se espalharam e ficaram bem conhecidas por todo o país. Obviamente, não tardou para que fossem condenadas e ele, excomungado pelo Papa Leão X.

Quando recebeu a bula papal que tratava da sua excomunhão, Lutero a classificou de "bula execrável do anticristo". Então, em 10 de dezembro de 1520, Lutero queimou a bula papal e cópias de leis estabelecidas pela Igreja de Roma em frente à catedral de Wittenberg. Esse seu gesto selaria seu rompimento definitivo com a Igreja Católica romana.

A partir de Lutero, surgem as igrejas chamadas protestantes, hoje também conhecidas como evangélicas. E surgem nomes importantíssimos dentro do cristianismo como João Calvino (França), John Knox (Escócia) e, mais tarde, John Wesley (Inglaterra). Esse último pregava sobre o "testemunho do Espírito". Ele é o pai dos metodistas e foi o líder que conseguiu maior número de seguidores na Igreja cristã.

As igrejas que barraram o mover do Espírito Santo

> "Eu me coloco em chamas, e o povo vem para me ver queimar"
>
> — John Wesley (*respondendo à pergunta sobre como ele atraía as multidões*)

A reforma protestante abriu caminho para o surgimento de muitas igrejas cristãs, como as denominadas históricas - Luterana, Presbiteriana, Episcopal Anglicana, Batista e Metodista. Elas tiveram um papel preponderante na evangelização de muitas nações, incluindo o Brasil, e trouxeram até nós revelações tremendas. Muitas dessas, entretanto, fecharam as portas para o mover fresco do Espírito Santo. Costumo comparar isso à tentativa de Saul de vestir Davi com sua armadura. Quiseram colocar o vento do Espírito — que sopra para onde quer — dentro da conveniente caixa da religião. Não deu certo, claro.

A resposta a esse cerceamento das igrejas tradicionais ao mover do Espírito foi o aparecimento dos movimentos para-eclesiásticos, juntamente com os movimentos pentecostais. A diferença entre elas é que os movimentos pentecostais adicionaram doutrinas de usos e costumes. Já os para-eclesiásticos tinham liberdade do Espírito, mas sem doutrinas. Estes últimos deram origem às neopentecostais.

Também tivemos no Brasil o movimento das comunidades. O que era? O desejo de voltar a viver em comunidade como a Igreja primitiva; ter tudo em comum. Nessa visão romântica, quase um movimento *hippie* evangélico, ninguém era dono de nada, não existia hierarquia rígida, rejeitavam títulos e não tinham forma definida de culto. Esperavam o mover do Espírito.

Vale citar ainda as chamadas igrejas locais, que se consideravam as verdadeiras representantes de Deus e condenavam e rejeitavam as demais formas de culto.

Na década de 1970, houve um grande mover evangelístico no Brasil, quando muitos foram salvos e deram início a grandes ministérios que existem até hoje. Aquele mover do Espírito Santo influenciou tremendamente a geração de jovens da qual eu fiz parte. Jovens largaram as drogas, largaram tudo e passaram a servir a Jesus Cristo.

Revelações e marcos

É importante entender que a revelação de Deus — que trouxe à tona todos esses movimentos — vem quando não existe mais a luz do Espírito em determinado seguimento ou época. Quando os homens se desviam do Caminho, perdem a essência e colocam em risco o plano de Deus e a implantação de Seu Reino, Ele mesmo se encarrega de levantar aqueles que pagarão um preço para promover o alinhamento com o propósito eterno.

Veja o que aconteceu, por exemplo, em 1739:

> No dia do Ano Novo, John e Charles Wesley, George Whitefield e mais quatro membros do Clube Santo fizeram uma santa ceia em Londres. Eles relataram: "Cerca de três da manhã, enquanto estávamos orando, o poder de Deus caiu tremendamente sobre nós, a tal ponto que nos recobramos um pouco dessa reverência e surpresa na presença da Sua majestade, começamos a cantar a uma voz: 'Nós te louvamos, ó Deus; Te reconhecemos como Senhor'" (*O fogo de reavivamento*, Wesley Duewel)

Este evento foi chamado de Pentecoste Metodista e deu a Wesley e seus companheiros uma condição sobrenatural de levar o Evangelho para milhares de pessoas por toda a Inglaterra e entrar em todas as instâncias da sociedade, impactando universidades, repartições públicas, etc.

Também podemos citar William Seymour e o avivamento da Rua Azuza, na cidade de Los Angeles, em 1906. Tudo começou quando estudavam o livro de Atos dos Apóstolos e passaram a buscar o batismo do Espírito Santo. Durou apenas três anos, mas foi diretamente responsável pelo surgimento dos movimentos pentecostais, o maior segmento da Igreja Evangélica hoje.

A revelação é isto: poder sobrenatural do Espírito Santo que traz luz e entendimento sobre a vontade de Deus e sobre Seu Reino.

> O povo que jazia nas trevas viu uma grande luz; e aos que estavam detidos na região e sombra da morte, a luz raiou. Daquele momento em diante Jesus passou a pregar e dizer: "Arrependei-vos, porque é chegado o Reino dos céus!" (Mateus 4:15-17)

Cada movimento e cada igreja acrescentou algo importante para o Corpo de Cristo, por isso temos que respeitar todos os marcos históricos e não podemos removê-los. Entretanto, em todas essas épocas, este mover ficou incompleto, pois não havia apóstolos com visão para canalizar esta ação do Espírito Santo e estabelecer uma estrutura de igreja que tivesse a visão do Reino de Deus. Além disso, a Igreja de Cristo na terra continua a sofrer com contaminações e perda de sua essência e identidade, para dizer o mínimo. Com certeza, não será essa noiva que Cristo virá buscar.

Acreditamos que chegou o tempo em que o Senhor quer restaurar sua Igreja por completo e isso inclui o retorno dos apóstolos, fazendo com que se cumpra o que está escrito em Efésios 4:11: "E ele mesmo concedeu uns para apóstolos, outros para profetas, outros para evangelistas e outros para pastores e mestres". A Igreja apostólica é peça fundamental para que o povo de Deus tenha condição de trazer o Reino e preparar a terra para a volta do Senhor Jesus Cristo. É isso que veremos nos próximos capítulos.

CAPÍTULO 2

Em água morna

2.

"Uma pessoa pode ir à igreja duas vezes por dia, participar da ceia do Senhor, orar em particular o máximo que puder, assistir a todos os cultos e ouvir muitos sermões, ler todos os livros que existem sobre Cristo. Mas ainda assim tem que nascer de novo."

—John Wesley

Charles Swindoll, famoso pastor, escritor e professor americano, em seu livro *A igreja desviada*, conta uma ótima história para ilustrar os processos que entorpecem e embotam os sentidos espirituais dos cristãos na atualidade. Ele descreveu uma experiência feita por seu professor de química do ensino médio:

> Meu professor reuniu a turma ao redor de um enorme tubo de proveta e o encheu de água até a metade. Em seguida, pegamos um sapo pequeno e o jogamos lá dentro. O sapo começou a nadar de um lado para o outro totalmente confortável com a situação. Então, o professor colocou um bico de Bunsen embaixo da proveta, acendeu o fogo e começou a elevar a temperatura em 1°C por minuto. Ajeitamo-nos

> ao redor para observar [...]. A água começou a esquentar lentamente até surgirem pequenas bolhas. A essa altura, o sapo havia diminuído bastante o ritmo, enrijeceu e, por fim, morreu cozido. [...] O professor nos disse que se tivéssemos colocado aquele anfíbio diretamente em água quente ele teria saltado para fora no mesmo instante. Contudo, colocá-lo confortavelmente em água morna e aquecê-la aos poucos fez o sapo cozinhar em sua própria gordura.

A comparação me parece óbvia. É assim que o inimigo vai introduzindo suas ideias e trazendo a apostasia: sorrateiramente. E Swindoll concluiu: “Muitas igrejas passaram a tolerar o aumento da temperatura secular, de modo que a Igreja em geral se desviou progressivamente de suas convicções bíblicas. Sem avisos formais e sem que a maioria das pessoas soubesse, o pensamento pós-moderno começou a substituir gradualmente as crenças bíblicas”.

A descrição do sapo cozinhando aos poucos e esse processo começando em uma relaxante banheira de água morna, nos reportam facilmente ao texto de Apocalipse 3:14-18:

> Ao anjo da igreja em Laodicéia escreve: Estas coisas diz o Amém, a testemunha fiel e verdadeira, o princípio da criação de Deus: Conheço as tuas obras, que nem és frio nem quente. Quem dera fosses frio ou quente! Assim, porque és morno e nem és quente nem frio, estou a ponto de vomitar-te da minha boca; pois dizes: Estou rico e abastado e não preciso de coisa alguma, e nem sabes que tu és infeliz, sim, miserável, pobre, cego e nu. Aconselho-te que de mim compres ouro refinado pelo fogo para te enriqueceres, vestiduras brancas para te vestires, a fim de que não seja manifesta a vergonha da tua nudez, e colírio para ungires os olhos, a fim de que vejas.

Boa parte dos estudiosos concorda que Laodicéia é a Igreja de nossos dias. Por quê? Porque uma igreja morna é aquela que perdeu suas convicções, não tem percepção espiritual, é condescendente e faz concessões atrás de concessões. O anjo descreve aquela Igreja como infeliz, miserável, pobre, cega e nua. Tão cega que acha que é rica e abastada e não precisa de coisa alguma. Não consegue fazer uma autocrítica e enxergar como e a partir de quando se desviou.

Essa pode não ser a sua situação e nem de seu ministério, mas como o Senhor enxerga o conjunto da obra? Está a Igreja cristã mais parecida com a Noiva sem mancha e sem mácula que Jesus virá buscar ou mais parecida com a Igreja de Laodicéia?

Pobreza espiritual

Laodicéia era uma cidade da Ásia Menor, atual Turquia, que possuía uma respeitável comunidade cristã. Quem deu o nome à cidade — em homenagem à esposa — e a colocou no mapa das metrópoles da época foi Antíoco Epifânio, um maligno rei selêucida que governou a região da Palestina por volta do ano 170 a.C. Ele é considerado uma espécie de anticristo, tamanhos os malefícios e perseguições que empreendeu contra o povo de Israel. Foi ele quem mandou sacrificar uma porca no templo em Jerusalém, algo abominável aos judeus.

No caso de Laodicéia, Antíoco começou a promover benfeitorias, ampliações e reformas, preparando o antigo vilarejo chamado de Dióspole para se tornar uma metrópole. Ele construiu dois anfiteatros — um deles com capacidade para 25 mil pessoas. Havia um hipódromo, portas suntuosas e grandes aquedutos que traziam água potável de muito longe. A água da cidade, por conta do solo vulcânico, tinha alta concentração de enxofre, era salgada e morna; não dava para beber, apesar de límpida e cristalina.

De outro lado, a cidade era uma importante referência para o tratamento dos olhos. O mesmo sal que contaminava as águas e as deixavam impróprias para o consumo era usado para fazer colírio. Graças a isso, a cidade também abrigou a maior escola de oftalmologia da Ásia Menor. Além de importante centro de saúde, tornou-se um polo têxtil e exportador de tecido e de moda. É que a região possuía uma lã negra especial com a qual se faziam tecidos finíssimos conhecidos internacionalmente.

Os moradores, em geral ricos ou em situação confortável, tinham grande orgulho de sua Laodicéia. Diz a história que, ao enfrentar um devastador terremoto, a cidade foi seriamente prejudicada. O imperador romano enviou ajuda, mas a arrogante metrópole recusou e mandou dizer que não precisava, pois seus cidadãos tinham dinheiro suficiente para reconstruí-la sem a ajuda externa.

Jesus disse àquela Igreja — que fora contaminada pela realidade do local — que as riquezas que eles tanto valorizavam e na qual depositavam sua confiança não significavam nada do ponto de vista espiritual. A arrogância, o sentimento de superioridade e a onipotência que reinava na *polis* contaminaram e neutralizaram a eficácia da *eclesia*.

> "Porque o **amor** ao dinheiro é a raiz de toda a espécie de males; e nessa cobiça alguns se desviaram da fé, e se traspassaram a si mesmos com muitas dores." (1Timóteo 6:10)

O final da carta de Jesus para a Igreja de Laodicéia é uma advertência:

> Eu repreendo e disciplino a quantos amo. Sê, pois, zeloso e arrepende-te. Eis que estou à porta e bato; se alguém ouvir a minha voz e abrir a porta, entrarei em sua casa e cearei com ele, e ele, comigo (Apocalipse 3:19,20).

De acordo com historiadores, as pessoas na época não batiam à porta quando chegavam a uma casa; elas mesmas se anunciavam. Bater na porta só em caso de extrema urgência. Esse era o sentimento que Jesus estava tentando transmitir: a situação da Igreja é urgente.

Todas as advertências às sete igrejas da Ásia mostram que a Igreja de Cristo precisa ser restaurada. E hoje, apesar de todo avanço e conquistas das igrejas cristãs, isso é mais verdade do que nunca.

Restauração da Igreja

Quando me converti — talvez como a maioria de nós — tinha apenas uma visão parcial da obra de Deus e de seu eterno propósito. Mas à medida que meu relacionamento com o Espírito Santo e com a Palavra de Deus se intensificou, a primeira revelação que eu tive foi sobre a restauração da Igreja. Um universo se descortinou para mim e passei a entender que a Igreja é o principal instrumento de Deus para implantar o Seu Reino antes da volta de Jesus. Mas para isso precisaria ser restaurada, porque Jesus não vai voltar para buscar uma Igreja cheia de mácula, problemas e contaminações. E foi um longo caminho até que eu entendesse o que entendo hoje e compartilho com você através deste livro.

É inconcebível que nosso comportamento como cristãos e líderes seja um inibidor para aqueles que estão buscando a Luz. Não podemos mais ouvir frases do tipo: "Eu não vou para aquela igreja porque o pastor rouba". Ou: "O pastor está na terceira esposa. O que ele poderia ter para me dizer?". O nível das igrejas que temos hoje tem suscitado esse tipo de sentimento e de comentários e chegou a hora de deixarmos de ser condescendentes com a falta de santidade, consagração e austeridade. Vamos falar mais disso nos próximos capítulos, mas um líder que se dá o direito de trazer escândalo para seu ministério no mínimo não entendeu as exigências da função sacerdotal e, talvez, nem tivesse um chamado verdadeiro. Não vamos negar as oposições infernais e guerras causadas pelo diabo e seus agentes, mas em que nível somos, realmente, responsáveis por alguns acontecimentos? Examine-se!

Não por acaso, Paulo escreveu: "Pois, como está escrito, o nome de Deus é blasfemado entre os gentios por vossa causa." (Romanos 2:24)

Acabou o tempo do amadorismo no meio eclesiástico. Chamo de amadores aqueles que acham que podem exercer o chamado ministerial sem as qualificações necessárias para a função, sendo que as principais estão relacionadas ao caráter e à resignação.

> Acabou o tempo de achar que somos perseguidos e encarar que temos sido permissivos. O nosso mau comportamento trouxe prejuízos para a Igreja de Cristo.

Eugene Peterson, em seu livro *A linguagem de Deus*, escreveu: "Com certeza podemos pensar suficientemente em maneiras criativas para usar mal as palavras: podemos blasfemar e amaldiçoar, podemos mentir e enganar, podemos intimidar e abusar, podemos bisbilhotar e ridicularizar. Ou não. Cada vez que abrimos a boca, seja em conversas uns com os outros, seja em oração com nosso Senhor, a verdade e a comunidade cristã entram em risco."

Isso mesmo. Nós colocamos a comunidade cristã em risco com nossas palavras, com nossas atitudes e falta de atitudes; com a falta de integridade e santidade.

C.S. Lewis parafraseou Jesus. Ele escreveu:

> Cristo diz: "Quero tudo o que é seu. Não quero uma parte do seu tempo, uma parte do seu dinheiro e uma parte do seu trabalho: quero você. Não vim para atormentar seu ser natural, vim para matá-lo. As meias medidas não me bastam. Não quero cortar um ramo aqui e outro ali; quero abater a árvore inteira. Não quero raspar, revestir ou obturar o dente; quero arrancá-lo. Entregue-me todo o seu ser natural, não só os desejos que lhe parecem maus, mas também os que se afiguram inocentes — o aparato inteiro. Em lugar dele, dar-lhe-ei um ser novo. Na verdade, dar-lhe-ei a mim mesmo: o que é meu se tornará seu." (*Cristianismo puro e simples*, C.S. Lewis)

A Igreja precisa mudar. Seus líderes precisam ser radicais. O Senhor Jesus está nos conclamando a uma mudança de atitude em uma escala tal que nunca se viu. O Senhor quer tudo. Ore, clame, arrependa-se, mas não seja morno! Se continuarmos na água morna da permissividade, da amizade com o mundo, da secularização, já sabemos qual será o fim da história.

Por onde iniciar o conserto? Jesus dá a resposta: "Sê, pois, zeloso e arrepende-te". Ele está batendo à porta, não só para entrar, mas para nos alarmar e mostrar a urgência desta restauração que a Igreja precisa viver. E começa por nós. Tem que começar pelas lideranças cristãs com um genuíno arrependimento. Isso em uma esfera pessoal.

De uma forma global e mais abrangente, a restauração se dará por meio da voz apostólica e do reconhecimento do ministério apostólico. Deus está dando uma unção para apóstolos; unção e autoridade para que a Igreja reassuma seus contornos originais. Nós não temos nenhum mecanismo natural para impor a visão apostólica, então, será apenas pela unção de Deus.

"Não por força, nem por violência, mas pelo meu espírito, diz o Senhor".

CAPÍTULO 3

O Reino e a mente diabólica coletiva

3.

"O ideal cristão não foi considerado deficiente após testado. Ele foi considerado difícil e deixado de lado."

— G.K. Chesterton

Em certa ocasião, me chamaram para ministrar em uma reunião de advogados. Na minha vez de falar, abri a Bíblia e mostrei que Deus escreveu uma história de mudanças profundas e estruturais para o homem e para a sociedade. Eles ficaram surpresos, porque a maioria das pessoas acredita que Deus nada tem a ver com as questões sociais, políticas ou econômicas. Que Ele está lá no céu, distante de tudo isso, e que os homens, sim, são os protagonistas do que acontece na terra.

Expliquei que o desejo de Deus é que seus filhos "comam o melhor da terra", que tenham acesso à educação de qualidade, moradia, saúde, segurança, entre outros aspectos, mas que uma transformação profunda não começa por essas questões exteriores. Boa educação, por exemplo, é extremamente importante, pode mudar a mente humana, mas não muda o coração.

A boa educação não impediu que grandes tragédias atingissem a humanidade. Prova disso foi o que aconteceu durante a Segunda Grande Guerra. O alto escalão do Terceiro Reich, na Alemanha nazista, era composto de homens com formação universitária, doutores, etc. Ainda assim, eles assassinaram 6 milhões de judeus. Engenheiros ajudaram a construir as câmaras de gás. Josef Mengele, o anjo da morte que conduziu experiências monstruosas com seres humanos vivos, era médico.

Somente o Reino de Deus pode impedir esse tipo de barbárie, porque no Reino a mudança começa pelo coração dos homens. Se o Reino não for implantado, a violência, a miséria, as guerras e as injustiças continuarão.

Vishal Mangalwadi, em sua obra *O livro que fez o seu mundo*, escreveu:

> A Universidade de Harvard é um dos exemplos mais atraentes da simbiose entre a Bíblia e a educação. Os puritanos deram início a essa instituição de ensino menos de dez anos depois de terem chegado aos Estados Unidos, antes de iniciarem qualquer tipo de indústria. A Bíblia inspirou diretamente 123 faculdades e universidades nos Estados Unidos que ensinaram assuntos não religiosos. A Bíblia o fez porque Deus ordenou aos seres humanos que estabelecessem seu domínio sobre a terra.

O apóstolo Paulo, séculos antes de Harvard, escreveu:

> Toda a Escritura é inspirada por Deus e útil para o ensino, para a repreensão, para a correção, **para a educação na justiça**, a fim de que o homem de Deus seja perfeito e perfeitamente habilitado para toda boa obra. (2Timóteo 3:16,17)

A Bíblia, que é a constituição do Reino de Deus, inspirou não só a construção de universidades, mas influenciou diretamente o desenvolvimento de todo o ocidente, inclusive em relação ao fim da escravidão, o Direito, entre outros avanços. O Reino e a Palavra levam à educação e melhoram o ser humano. A educação sem Deus, no entanto, corre o risco de gerar monstros com doutorado em tecnologia.

O governo de Deus através do homem

Mas o que é, exatamente, o Reino de Deus? É Deus governando o universo e toda a sua criação através do homem.

O homem foi feito para ser o instrumento da expressão do governo de Deus e exercer a autoridade e o domínio sobre a criação. Quando o Senhor colocou Adão no Jardim do Éden, Ele foi claro sobre o propósito planejado para o homem: "Sede fecundos, multiplicai-vos, enchei a terra e sujeitai-a; dominai sobre os peixes do mar, sobre as aves dos céus e sobre todo animal que rasteja pela terra" (Gênesis 1:28).

Trocando em miúdos, o que Deus estava dizendo era o seguinte: "Através de você, eu vou governar toda a minha criação e, assim, vou desenvolver em você a minha imagem e semelhança". Esse é o eterno propósito, o plano original de Deus que nunca mudou.

O Éden era um laboratório, não era toda a criação, representava o estágio inicial de um processo de desenvolvimento para o homem. Veja como o autor de Gênesis descreve: "E plantou o SENHOR Deus um jardim no Éden, na direção do Oriente, e pôs nele o homem que havia formado" (Gênesis 1:8). Deus fez o homem, fez o jardim, colocou-o ali e disse para cultivá-lo e guardá-lo. Na linguagem do Direito, o homem seria um representante legal de Deus. Quem visse o homem, saberia que ele estava representando Deus.

Ali, o Senhor deu livre-arbítrio ao homem e permitiu que o diabo entrasse em cena para colocar o homem à prova, para testá-lo e saber se escolheria o Reino de Deus ou um reino independente já proclamado por Lúcifer. Se ele escolheria o bem ou o mal; o Reino da luz ou o reino das trevas.

Ouvimos muitos pregadores mencionando o verso de 1João 5:19 — "Sabemos que somos de Deus e que o mundo inteiro jaz no Maligno" — e ensinando que o mundo é do maligno, mas a expressão "jaz" significa "estar no colo". Não quer dizer que pertença ao maligno, porque nada é do diabo. E por que o mundo está nos braços do maligno? Porque o primeiro Adão, na queda, entregou a autoridade recebida de Deus sobre o planeta para Satanás.

Observe, séculos depois, a fala do diabo durante a tentação de Jesus no deserto: "Levou-o ainda o diabo a um monte muito alto, mostrou-lhe todos os reinos do mundo e a glória deles e lhe disse: Tudo isto te darei se, prostrado, me adorares (Mateus 4:8,9)". Satanás disse que daria os reinos do mundo porque lhe foram entregues: "Eu vou te entregar aquilo que é meu porque foi-me dado".

Mas Jesus estava ali para tomar de volta o Reino, porque o Pai não criou nada para entregar ao adversário.

Ao receber poder sobre a terra, o mal criou um sistema para dominar o ser humano. Eu chamo de *mente diabólica coletiva*, pois atua em todas as esferas da sociedade e destrói os valores morais que Deus estabeleceu. Descontrói a família e todos os pilares do Reino de Deus, justamente porque se trata do reino das trevas. E busca fazer todo o mal de forma institucionalizada e legalizada. Mas nem tudo o que é legal é moral. Por exemplo, há anos estão tentando legalizar o aborto no Brasil. Se isso acontecer, não é porque se tornou lei que será menos insidioso e maligno.

Mas esse governo satânico vai ser destruído, e o governo de Deus, o Reino de Deus será implantado.

Bases do Reino: conhecimento, autoridade e disciplina

O sistema maligno entrou através de um engano e de uma proposta que parecia bonita para satisfazer o intelecto.

Deus tinha dado o caminho do conhecimento, mas era algo progressivo, pois o homem não tem a capacidade de ter uma revelação completa de Deus de uma só vez. Infelizmente, a ansiedade, o desejo de ser seu próprio deus e o sentimento de independência colocaram tudo a perder.

O ser humano foi criado do pó da terra. Tinha o espírito, mas estava se desenvolvendo. E qual era o sistema de desenvolvimento de Deus? A disciplina. Qual era a proposta de Satanás? Dizer para o homem que ele poderia burlar esse sistema e se desenvolver sem pagar o preço da disciplina, apenas pegando um atalho — "Você não precisa disso; se você comer deste fruto, você vai ser como Deus, conhecedor do bem e do mal." Após o desfecho trágico, após serem expulsos do Éden, o homem entendeu como a proposta do pecado é enganosa. Parece boa, mas é diabólica.

O diabo entrou com engano e age com engano até hoje, muitas vezes dentro da própria Igreja.

Por exemplo, por que não se aceita o ministério apostólico hoje? Porque a base do ministério apostólico chama-se hierarquia de autoridade. “Mas eu vou ter que me sujeitar? Tenho três mil pessoas que me tratam como se eu fosse um *superstar* e eu vou ter que me sujeitar a outra pessoa?” — pensam muitos líderes. Mas se ele não se sujeitar e não entender que hierarquia de autoridade é proteção para sua vida e ministério, muito mais facilmente poderá ser engodado pelo diabo, pela concupiscência dos olhos e pela soberba da vida. Exatamente por isso não é raro ouvir histórias de pastores que abandonaram a esposa pela secretária bonitinha, porque não tinham a quem se sujeitar. Na sua independência e autossuficiência perdem muito ou perdem tudo.

Esse direcionamento do ministério apostólico é rejeitado porque é diametralmente oposto à natureza carnal, que rejeita a autoridade e a disciplina. Não compreendem que a hierarquia de autoridade é protetora e livra o homem dos enganos.

Eva, por exemplo, quebrou a cadeia de autoridade. Se ela tivesse consultado Adão sobre a proposta da serpente, é provável que não tivesse comido do fruto proibido por Deus. Ela se alimentou e ainda levou para dentro de sua casa. Satanás sabia que para obter êxito precisava desestabilizar a hierarquia familiar, por isso centrou sua artilharia na mulher. Como ser espiritual, conhecedor de princípios espirituais, sabia que tocando na aliança e transtornando a cadeia de autoridade poderia comprometer o propósito eterno.

A Bíblia diz que Deus já sabia que tudo isso aconteceria. Antes da fundação do mundo, ele já tinha sacrificado o Cordeiro para restabelecer o propósito eterno.

> Porquanto, Deus nos escolheu nele antes da criação do mundo, para sermos santos e irrepreensíveis em sua presença. E, em seu amor, nos predestinou para sermos adotados como filhos, por intermédio de Jesus Cristo, segundo a benevolência da sua vontade (Efésios 1:4,5).

O diabo tentou destruir o propósito eterno, mas Deus já tinha resolvido tudo antes. A Palavra diz que a natureza espera a manifestação dos filhos. A própria natureza sabe que o propósito eterno do Pai é governar o universo através de seus filhos. E que Jesus veio para que esse propósito eterno fosse retomado e concluído. Observe como Paulo traz essa revelação na carta aos Romanos 8:19-23:

> A ardente expectativa da criação aguarda a revelação dos filhos de Deus. Pois a criação está sujeita à vaidade, não voluntariamente, mas por causa daquele que a sujeitou, na esperança de que a própria criação será redimida do cativeiro da corrupção, para a liberdade da glória dos filhos de Deus. Porque sabemos que toda a criação, a um só tempo, geme e suporta angústias até agora. E não somente ela, mas também nós, que temos as primícias do Espírito, igualmente gememos em nosso íntimo, aguardando a adoção de filhos, a redenção do nosso corpo.

O Reino não é comida, nem bebida

O apóstolo Paulo fala em sua carta aos Romanos que:

> "o Reino de Deus não é comida nem bebida, mas justiça, e paz, e alegria no Espírito Santo. Aquele que deste modo serve a Cristo é agradável a Deus e aprovado pelos homens. Assim, pois, seguimos as coisas da paz e também as da edificação de uns para com os outros" (Romanos 14:17-19).

Quando Paulo diz que o Reino é justiça, você acha que ele estava falando de justiça no sentido pessoal ou para a humanidade como um todo? Claro que estava falando para a humanidade como um todo. A base do trono de Deus é a justiça, por isso Paulo enfatiza que aquele que vive e pratica a justiça é agradável a Deus e aprovado pelos homens. Se vivêssemos conforme as bases do Reino, haveria, por exemplo, corrupção? Não. E sem corrupção não haveria pobreza. E assim por diante.

Mangalwadi escreveu:

> A pobreza causa a corrupção? Ou a corrupção causa a pobreza? Saber quem vem primeiro, o ovo ou a galinha, é uma questão interessante, mas teórica. Peter Eigen, que foi dirigente de ONG Transparência Internacional, em 2002, enfatizou o papel que a corrupção desempenha em manter os países pobres: "As elites políticas e seus comparsas continuam a ganhar propinas a cada oportunidade. De mãos-dadas com empresários desonestos, eles prendem nações inteiras na pobreza e impedem um desenvolvimento sustentável. Percebe-se que a corrupção é perigosamente alta nos países pobres, mas também em muitos países cujas companhias investem em países em desenvolvimentos [...] Elites políticas no mundo em desenvolvimento trabalhando de mãos-dadas com comerciantes gananciosos e investidores inescrupulosos estão colocando o lucro pessoal à frente do bem-estar dos cidadãos e do desenvolvimento econômico de seus países." (*O livro que fez o seu mundo,* Vishal Mangalwadi)

A Bíblia resume isso no seguinte versículo: "Porque o amor do dinheiro é raiz de todos os males" (1Timóteo 6:10a).

Eis a questão com a qual iniciamos este capítulo: se o coração do homem não mudar, não haverá mudanças profundas em nenhuma sociedade e nem implantação do Reino.

Quando os discípulos pediram para Jesus ensiná-los a orar, ele orou o propósito eterno do Pai: "Portanto, vós orareis assim: Pai nosso, que estás nos céus, santificado seja o teu nome; venha o teu Reino; faça-se a tua vontade, assim na terra como no céu." (Mateus 6:9,10). Jesus nos ensinou a pedir pelo Reino, clamar para que os valores dos céus governem a terra. Que essa seja nossa oração, mas agora compreendendo a profundidade e extensão do que é o Reino de Deus.

Mas, falando concretamente, como isso é possível? Como trazer o Reino de Deus? Posso adiantar que o que traz o Reino de Deus para a terra é a Igreja, mas uma Igreja restaurada. Vamos ver isso mais detalhadamente nos próximos capítulos.

CAPÍTULO 4

Quem vai trazer o Reino?

4.

"Se um homem não descobriu nada pelo qual morreria, não está pronto para viver."

— Martin Luther King

O pastor e ativista Martin Luther King lutou de todas as formas pelo fim da discriminação racial nos Estados Unidos. Ele é a expressão da resistência e do poder que tem uma pessoa quando acredita em algo e quando tem sonhos que vão muito além de si mesmos. Em seu famoso discurso em Washington, no dia 28 de agosto de 1963, ele bradou:

> Tenho um sonho de que um dia, nas colinas vermelhas da Geórgia, os filhos de ex-escravos e os filhos de ex-donos de escravos poderão sentar-se juntos à mesa da irmandade. [...] Tenho um sonho de que meus quatro filhos viverão um dia em uma nação onde não serão julgados pela cor de sua pele, mas pelo teor de seu caráter. Tenho um sonho de que um dia cada vale será elevado, cada colina e montanha será nivelada, os lugares acidentados serão aplainados, os lugares tortos serão endireitados, a glória do Senhor será revelada e todos os seres a enxergarão juntos. Esse será o dia em que todos os filhos

> de Deus poderão cantar com novo significado: "Meu país, é de ti, doce terra da liberdade, é de ti que canto. Terra em que morreram meus pais, terra do orgulho do peregrino, que a liberdade ressoe de cada encosta de montanha." E, se quisermos que a América seja uma grande nação, isso precisa se tornar realidade.

Quando acreditamos em algo e somos tomados por uma forte convicção, isso nos move a realizar. Assim, conseguimos resultados surpreendentes e impactamos não só a vida de alguns, mas de toda a sociedade. Martin Luther King organizou manifestações pelo direito dos negros ao voto, pelo fim da segregação, pelo fim das discriminações no trabalho, entre outros direitos civis básicos. Ele desafiou poderes humanos e espirituais. Muitos sofreram e não poucos morreram nessa luta, inclusive o pastor King, que foi assassinado em 1968. Mas seu sonho nunca morreu. Seu legado permanece e sua luta deu resultados inegáveis. Não por acaso os Estados Unidos tiveram seu primeiro presidente negro. Porque Martin Luther King acreditou, Barack Obama sonhou também e alçou ao mais alto posto de poder no planeta Terra.

Uma causa pela qual vale a pena viver

Trazer o Reino de Deus para a terra tem que ser a maior causa das nossas vidas, mas atualmente se vê pouca gente que ama a causa e aceitaria morrer por este propósito. A maioria de nós, cristãos, infelizmente tem uma visão diminuta, apenas do seu próprio ministério. A preocupação é como fazê-lo crescer e prosperar, como ter mais visibilidade. Somos ilhas ministeriais com pouca ou nenhuma intersecção; líderes trabalhando em prol do seu próprio reino. Não podemos negar, é claro, que a maioria começa um ministério com o grande desejo de ganhar almas, de levar as pessoas a Cristo, mas à medida que o tempo passa, muitos se perdem no seu ativismo diário, nas demandas da "sua" igreja. O objetivo permanece, mas o grande propósito não é alcançado. O que estou querendo dizer é que trazer o Reino vai muito além do que temos feito e exige unidade, fator que está no pacote de restauração da Igreja.

Meu desejo é que, a partir de agora, você mude a sua mente e passe a pensar como Reino. E tudo que fizer e planejar, faça pelo bem do Reino.

Confronto ou conforto?

Mas por que percebemos essa luta pelo Reino de certa forma frouxa entre nós, cristãos? Porque as pessoas vão para as igrejas em busca de um lugar de conforto. Querem apenas ouvir uma palavra animadora e ir para casa mergulhar em seus projetos. Exatamente por isso é muito mais fácil apenas pregar sobre a volta de Jesus ou sobre os desafios e dores pessoais do que ensinar sobre o Reino, o propósito eterno e formar discípulos para lutar pela causa.

Quando decido pregar e ensinar sobre o Reino, trago um incômodo para as pessoas.

Quando uma pessoa entende, verdadeiramente, o propósito do Reino, ela sabe que tem que colocar o tempo no Reino, o dinheiro no Reino, tem que se sujeitar pelo Reino e deixar de ter sonhos particulares, pois seus sonhos serão para o Reino. Isso atormenta demais o ego humano, então as pessoas não querem.

Eu pergunto: tomou um banho da graça de Deus? Agora, então, você precisa saber que existe um grande projeto para sua vida, e esse projeto é o propósito eterno do Pai; o propósito de governar a terra através de sua vida. Esse projeto vai tirá-lo da zona do conforto e levá-lo para a zona do confronto, porque a dinâmica da vida espiritual e ministerial é outra. O primeiro confronto será com você mesmo, com suas expectativas, ambições, vaidades, enfim, com seu mundo autocentrado. Em segundo lugar, confronto com o reino das trevas. Quando sai do conforto, você incomoda o diabo; e a guerra não é pequena, não.

Mas a tentação de permanecer no lugar de conforto não é só um problema do rebanho, mas também das lideranças.

Eu poderia estar em meu lugar de conforto, que é Goiânia, onde tenho 30 mil pessoas, rádio, TV e onde, basicamente, só preciso pregar aos domingos à noite. Existe toda uma estrutura funcionando muito bem. Mas esse tipo de conforto não é parte do chamado apostólico. Isso ficou muito claro para mim quando comecei a sentir que já não sabia mais onde ficava a "vesícula".

Para que fique mais claro, vamos fazer uma comparação.

Por exemplo, você tem dois médicos: um se formou em Harvard, mas se tornou fazendeiro; o outro se formou em uma faculdade do interior do país, mas ele atende todos os dias quase 100 pessoas na baixada fluminense. Com quem eu vou me consultar? Com aquele que tem experiência.

Como saber onde está a "vesícula"? Como olhar o "paciente" e saber qual o seu problema? Voltando a praticar, saindo do lugar de conforto, porque o ministério apostólico tem que estar apascentando, tem que estar abrindo igrejas.

Para me manter na dinâmica apostólica, optei por estar em lugares onde não tenho facilidades, onde sou mais um e tenho que ganhar o reconhecimento da autoridade das pessoas. Somente assim estarei na prática apostólica. Era isso que Jesus fazia. Jesus é o grande exemplo apostólico. Você não vê Jesus só pregando para as multidões, você o vê com 12, com 70, indo às casas dos fariseus, falando com Maria Madalena, na casa de Lázaro.

Voz apostólica

Está claro, então, que quem vai trazer o Reino — em alusão ao que Jesus nos ensinou na oração do Pai Nosso — somos nós. Não individualmente, mas através da Igreja. Por este motivo, Jesus a estabeleceu na terra. Mas como já dissemos em outros capítulos, somente uma Igreja restaurada pode ser usada neste nível. E a restauração se dará por meio da voz apostólica e do reconhecimento do ministério apostólico.

E, nesse ponto, como estamos hoje? Temos muitos apóstolos, mas com pouca restauração da Igreja. Mas trataremos disso em outro capítulo.

Há bastante tempo, Deus começou a falar conosco sobre a necessidade de enviarmos pessoas que sejam a voz apostólica no judiciário, no meio empresarial, no legislativo, na educação, no entretenimento, nas artes, no esporte. Isso não é um plano de marketing, mas o caminho óbvio para a implantação dos valores do Reino em todas as instâncias da sociedade e está no coração de Deus.

Deus sempre tocou os artistas, esportistas, autoridades, etc. Mas as igrejas se apropriaram dos artistas e fizeram deles celebridades "gospel" para divulgar a igreja. A maioria não se preocupou em fazer um sério e intenso trabalho de discipulado com o artista, com o jogador de futebol, com o jurista, com o empresário, na visão de Reino. A consequência é que muitas dessas pessoas se sentiram usadas e decepcionadas, mas não pastoreadas e cuidadas.

Hoje, temos no Congresso Nacional alguns deputados e senadores que começaram a ter visão de Reino. Em breve, teremos desembargadores e juízes com visão de Reino, mas essas pessoas precisam ser trabalhadas dentro da Igreja restaurada. Se elas continuarem indo para a igreja com a mensagem que é passada hoje e se não forem chamadas para um discipulado, não serão preparadas. Vamos tê-las, mas não vamos implantar a visão do Reino nelas. Deus está levantando pessoas assim no mundo todo. Deus está levantando esse trabalho no mundo todo, mas a Igreja precisa corresponder ao plano de Deus.

Homens imperfeitos podem trazer o Reino

Quero terminar este capítulo deixando uma palavra de esperança para você que é um cristão atuante, um líder ou até um apóstolo: Deus usa homens e mulheres imperfeitos para trazer o seu Reino.

O pastor Martin Luther King Jr, por exemplo, que mencionamos na abertura deste capítulo, apesar de sua luta e de suas conquistas; apesar do Nobel da Paz que recebeu em 1964; apesar de ter obtido, postumamente, grande reconhecimento, passou a vida lutando contra a depressão e com sua tendência à infidelidade conjugal.

O rei Davi, conhecido como homem segundo o coração de Deus, viu-se confrontado pelos seus pecados pelo profeta Natã.

Ele adulterou e arquitetou um plano para matar o marido de sua amante. Ele falhou como pai e teve que suportar a oposição de seu próprio filho Absalão.

O profeta Samuel não conseguiu fazer com que seus filhos fossem também seus discípulos e, então, o povo pediu um rei.

Moisés não entrou na terra da promessa, porque perdeu a paciência e bateu na Rocha.

Jacó enganou seu pai e seu irmão, mas tornou-se Israel.

Pedro negou a Jesus Cristo, mas foi usado de forma poderosa para pregar a palavra do Reino.

Todos se mostraram imperfeitos, mas não retrocederam em sua relação com Deus e com o propósito eterno.

Em Apocalipse 5:9-10, está escrito:

> Digno és de tomar o livro e de abrir-lhe os selos, porque foste morto e com o teu sangue compraste para Deus os que procedem de toda tribo, língua, povo e nação e para o nosso Deus os constituíste Reino e sacerdotes; e reinarão sobre a terra.

Esse é o cântico entoado pelos quatro seres viventes e pelos vinte e quatro anciãos em adoração a Jesus Cristo, porque Ele, com seu sangue, transformou homens da queda, imperfeitos, em reis e sacerdotes. Então, já sabemos qual será o final da história.

Não é apenas uma expressão motivacional, mas literal; o Senhor nos fez para reinar, para tomar conta de tudo o que é Seu, como filhos que cuidam das coisas do Pai.

Nós traremos o Reino. Precisamos começar o quanto antes.

CAPÍTULO 5

Em que a Igreja precisa ser restaurada?

5.

"Hoje vocês assarão um ganso magro — Huss significa ganso — mas em cem anos ouvirão um cisne cantar. Não serão capazes de assá-lo e nenhuma armadilha ou rede poderá segurá-lo."

— John Huss ao ser morto na fogueira da Inquisição

Temos vivido dias muito difíceis em todo o mundo. Guerras, epidemias, novas doenças, terremotos, tsunamis, atentados terroristas quase diários, perseguição aos cristãos. E escutamos as pessoas dizendo: Jesus está voltando.

Será? Quais são os sinais da sua volta?

Em Atos 3:21 (NVI), Lucas escreveu "É necessário que ele permaneça no céu até que chegue o tempo em que Deus restaurará todas as coisas, como falou há muito tempo, por meio dos seus santos profetas". Os sinais não são apenas fome, guerra, doenças e terremotos, mas a Palavra diz que Jesus não voltará antes que o Pai restaure tudo.

Eu fiquei esperando Jesus voltar todos os dias por 20 anos, até que eu li esse texto de Atos dos Apóstolos, e foi uma luz para mim.

A Igreja ficou presa a uma visão de arrebatamento imediato e dedicou tempo e energia a esse acontecimento futuro que, com certeza, não é o centro do plano de Deus; é parte importantíssima, mas não a parte central.

Ainda se prega muito nas igrejas que Jesus pode voltar a qualquer momento, e é verdade, mas, como falamos nos capítulos anteriores, antes da volta de Cristo, a Igreja, que é o principal instrumento de Deus para implantação do Seu Reino, precisa passar por uma profunda restauração.

As transformações precisam acontecer em vários níveis. Por exemplo, muitas têm o nome de apostólica, têm ousadia apostólica, mas não têm vida apostólica. Eu explico: ousadia é ir para as praças, evangelizar, enfrentar os poderes das trevas. Falta de vida apostólica é aquela que não tem a essência apostólica dentro das quatro paredes. Resultado: as igrejas tornam-se corredores de pessoas; um entra e sai intenso. As pessoas não ficam porque falta essência e coerência apostólicas.

Vejamos, então, pontos fundamentais nos quais as igrejas carecem de restauração:

1. Visão de Reino

As igrejas não têm visão de Reino, apenas de denominação. A visão de Reino passa pela vitória da Igreja na terra, pois Jesus disse: "As portas do inferno não prevalecerão contra a igreja" (Mateus 16:18). Mas é isso que tem acontecido?

Praticamente, todos os dias abrem-se novas igrejas cristãs no Brasil. O número de evangélicos hoje é acima de 25% da população do país. Ao mesmo tempo, vemos um crescimento nítido da degradação do ser humano, um aumento das pessoas que se declaram sem igreja (hoje, 12% da população), crescimento do mal, de seitas e até do satanismo. Mas por que a Igreja não foi suficiente para neutralizar o mal da terra? Qual foi o engano?

O engano foi achar que o diabo está só no adultério e no roubo. O diabo está na heresia, e a heresia é semelhante à verdade. Ele entrou nos púlpitos pregando: "Você não precisa estudar, nem se preparar, porque Jesus vai voltar amanhã". Algumas gerações de bons cristãos não estudaram, não se prepararam e os melhores lugares na sociedade foram ocupados pela impiedade.

As pessoas trabalhavam muito mal, só iam às reuniões, não se preparavam e não se qualificavam. E o diabo foi ganhando espaço. Muitos cristãos, ao invés de influenciar e salgar a sociedade, retiravam-se para viver em comunidade. Praticamente, saíam da sociedade.

Tínhamos tanta gente de potencial, mas que apenas indicávamos para seminários bíblicos ou enviávamos em missões para a África. Enquanto isso, o diabo colocava seus agentes em todas as instâncias da sociedade no Brasil, em altos postos de comando. Tudo isso porque perdemos a visão de Reino. E quem participa de um Reino tem visão estratégica.

Não desprezamos quem trabalha em tempo integral nas igrejas, obviamente. Mas quantos não poderiam ser sacerdotes sendo médicos especialistas? Ou ser apóstolos e ministros do Supremo Tribunal Federal? Você acha que as pessoas vão ouvir quem?

Precisamos restaurar a visão de Reino na Igreja. A Igreja salgando de verdade, sendo luz, em vez de ser influenciada.

Para resgatar a visão de Reino de uma forma harmoniosa e adequadamente orquestrada, os líderes precisam se colocar debaixo da autoridade apostólica. E isso será um milagre. Como já dissemos, não existe nenhum mecanismo natural para impor a visão apostólica. É Deus quem vai fazer isso.

2. Estrutura de transformação e discipulado

Deus planejou para sua Igreja uma estrutura de transformação e discipulado. O ministério apostólico implanta igrejas, mas quem leva adiante são os ministérios de pastor e mestre. Essa estrutura de transformação e formação, infelizmente, não existe na maioria das igrejas. O que temos hoje? Igrejas grandes que são um corredor de pessoas, um entra e sai, um rodízio. Sai uma turma, roda por várias outras igrejas e daqui a alguns anos, volta. Infelizmente, não se tem essa visão de transformação e discipulado que gera crescimento e compromisso, firmando raízes na Igreja.

Hoje, somos um ajuntamento de pessoas. Poucas igrejas têm uma estrutura de transformação completa.

Observe seu público! Igreja tem multidão, ovelha e discípulo. Multidão é todo mundo que vem para receber a bênção. Não importa seu estado, se ainda está bebendo, fumando ou se drogando, mas está na igreja. Jesus convivia com a multidão.

As ovelhas são aqueles que saíram da multidão. Ela não nasce ovelha, mas torna-se ovelha através do processo de transformação e formação. E tem que ter paciência para cuidar da ovelha. E também ninguém nasce discípulo. O discípulo é a imagem do mestre. E o mestre paga um preço para formar seus discípulos.

> **"A salvação é de graça, mas o discipulado custa tudo o que temos."** (Billy Graham)

O ministério apostólico vai ensinar às igrejas a importância do discipulado na Igreja. Você não forma discípulos em grupos de 30 pessoas, como se fosse linha de montagem. Você pode ter um grupo de estudo de 30 pessoas; é diferente. Não são células de discípulos, mas células de ovelhas. Discipulado é pessoal.

Jesus discipulou 12 homens durante três anos. Eles, praticamente, viviam juntos. Comiam, andavam, dormiam na mesma casa. O verdadeiro discipulado é assim, mas isso não existe na Igreja hoje.

Discipulado é correção com amizade, com amor. Quando a pessoa é disciplinada, é filho; quando não é, é bastardo. A disciplina, no momento em que ocorrer, não é motivo de alegria, mas de tristeza (Hebreus 12:11). Aquele que discipula tem que ter a mão para corrigir e mão para afagar.

O profeta Jeremias, no capítulo 18, conta a história do oleiro. Quando o profeta chegou à casa do oleiro, observou que o vaso que ele estava fazendo se quebrou. Então, ele passou a fazer outro conforme o modelo dele. Lição: Deus só usa vasos quebrados. Deus não usa vasos que não se quebrantam. Esse é também o trabalho do discipulado.

3. Santidade e consagração

Santidade é rejeição ao mundo e ao pecado. Consagração é entrega total para Deus. Eu posso ser santo e não ser consagrado, mas não posso ser consagrado e não ser santo. Hoje, temos muitas pessoas santificadas, mas que não são consagradas. A santidade mexe com a carne; a consagração com o "eu". Muitas pessoas são santas, não pecam, mas quando Deus começa a trabalhar para crucificar o seu "eu", não suportam. Deus até dá liberdade, mas Ele não usa pessoas só santificadas, mas santificadas e consagradas. Esse é um pré-requisito. Essa é a visão do Reino. Tem de ser restaurada.

Algumas lideranças, para encher suas igrejas, facilitam. Dizem coisas do tipo: "Venha para nossa igreja e sua vida será um mar de rosas!". Não. A mensagem da cruz é: "Venha, arrependa-se e sua vida será transformada."

A visão apostólica do Reino traz essa realidade da consagração, e isso é prioritário para a restauração da Igreja.

4. Adoração

O homem foi feito para o louvor da glória de Deus. Em Efésios 1:4-6 (NVI), o apóstolo Paulo escreveu:

> Porque Deus nos escolheu nele antes da criação do mundo, para sermos santos e irrepreensíveis em sua presença. Em amor nos predestinou para sermos adotados como filhos, por meio de Jesus Cristo, conforme o bom propósito da sua vontade, para o louvor da sua gloriosa graça, a qual nos deu gratuitamente no Amado.

A adoração traz a presença de Deus; é o homem adorando e Deus trazendo sua presença. Infelizmente, vemos mais show e exibição do que adoração. Temos mais animadores de auditório do que adoração. A própria Igreja gerou esse tipo de situação. Na ânsia de crescer, muitas igrejas abriram as portas para bons músicos, mas não necessariamente adoradores. Estou falando de atitude e não da música. A Bíblia fala que tem que ter música, mas que conduza as pessoas à adoração.

A Bíblia mostra, no Antigo Testamento, que no tabernáculo e no templo existiam o Átrio, o Lugar Santo e o Santo dos Santos. Fazendo uma comparação, o Átrio seria nosso corpo. O Lugar Santo é a alma. E o Santo dos Santos, o espírito. Os ritmos estão no Átrio, isto é, impactam o corpo; é a alegria, a comunhão. Nós, por exemplo, cantamos em nossa igreja uma música que diz: "quando a chuva chegar, eu vou chamar Jesus para dançar". Os ritmos são importantes, mas o adorador sabe que, mesmo que se mova no Átrio, seu objetivo é chegar ao Santo dos Santos. Mas quem não é adorador vai desfrutar apenas dos ritmos com sua carne, com sua religiosidade. Isso mata a Igreja.

Temos o Lugar Santo. São músicas que mexem com a alma, com os relacionamentos, com as curas. Músicas que falam do que eu preciso, do que perdi, do que quero de volta. Mas não posso colocar no Lugar Santo aquele que não tem espírito de adorador. Tem muita gente só cantando músicas que mexem com a alma. Mas o lugar mais precioso e que todos precisamos almejar é o Lugar Santíssimo ou Santo dos Santos, lugar da adoração. Temos espaços para os ritmos, para as músicas que mexem com o corpo e a alma, mas o que precisamos e o que vai impactar a Igreja na terra é a restauração da adoração.

5. Valorização da presença de Deus

A presença de Deus hoje, infelizmente, é desvalorizada no meio cristão. Pode parecer um exagero, mas avalie! Valoriza-se muito os métodos, estratégias, carisma pessoal, programações atraentes e cultiva-se muito pouco a presença de Deus.

Existem vários níveis da presença de Deus. O nível que, geralmente, temos nos cultos chama-se *shekinah*, que é a nuvem do Espírito sobre nós. É aquele momento em que Deus fala através da oração, através da exortação, através do silêncio, do louvor, da ministração da Palavra. O ambiente é transformado pela presença de Deus. Hoje, tentam substituir o *shekinah* por liturgias e até rituais bizarros.

A restauração da valorização da presença de Deus é uma missão apostólica e faz parte da restauração da Igreja. Nós agimos por modelo e nosso modelo está na Palavra de Deus. E o que vemos no Antigo Testamento ou no Novo Testamento? Buscava-se a presença de Deus. E a Sua presença não pode ser substituída por nada.

Trazer a presença de Deus exige um nível muito alto de consagração e santidade. Muitas vezes, as lideranças, por não tomarem a decisão de pagar esse preço, substituem a presença de Deus por outras coisas. Mas essa restauração tem que acontecer, e se dará pelo ensino apostólico, consciência e posicionamento, e vai fazer diferença na Igreja. Podemos ter metodologia e estratégias, mas é a presença de Deus que realmente importa.

6. Modelo ético, moral e de excelência no serviço à sociedade

Hoje, vemos muitos pastores entrando em rebanhos pela porta da frente e saindo pela porta dos fundos levando ovelhas que ele não gerou. São ladrões de alma. Isto é falta de ética ministerial.

Absalão, filho do rei Davi que tentou usurpar o trono do pai, ficava na porta de Jerusalém dizendo: "Se eu estivesse no lugar do rei, julgaria a sua causa". Ele roubava o coração das pessoas. Isso é falta de ética. Mas é o que vemos, atualmente, nas igrejas e o que causa grande divisão e gera desconfiança.

Muitos líderes não se aproximam de outros líderes com medo de perder seu rebanho, pois a falta de ética está implícita nessas relações.

Quem rouba as vidas não tem amor às ovelhas, mas àquilo que a ovelha pode lhe dar. O amor de Deus é pela ovelha e não pelos seus recursos. Já percebeu que ninguém se preocupa em roubar o coração de uma ovelha com poucos recursos, mas todos os olhares se voltam para as ovelhas de potencial, para as ovelhas ricas?

O modelo ético cristão parece estar em falta na Igreja hoje, mas precisa ser urgentemente restaurado.

Também existem no seio da Igreja líderes que têm prazer em difamar outros líderes, em desvalorizar, em desmerecer publicamente o seu irmão. Isto é falta de temor de Deus e desagrada o coração do Pai (Provérbios 6:16-19). Infelizmente, isso existe em nosso meio e abala tremendamente a reputação da Igreja cristã. A sociedade vê e essa atitude pesa na hora da escolha de entrar ou não em uma igreja evangélica.

Outra área em que os valores éticos — para dizer o mínimo — precisam ser restaurados é no manusear do dinheiro que a Igreja recebe e que é sagrado. Os sacerdotes têm direito ao seu provento, merecem receber, e bem. Mas ele não pode usar o dinheiro de maneira errada. Entretanto, muitas vezes isso acontece. E por quê? Por falta de formação ministerial e por falta de caráter. Às vezes, a pessoa fez teologia, seminário, uma faculdade, mas o caráter não foi trabalhado. É necessário caráter e supervisão ministerial.

Quando um líder não tem a quem prestar contas, isso se torna uma armadilha, pois a autonomia, independência e o amor ao poder são tentações muito grandes. As pessoas não têm que lutar pelo poder, mas pelo Senhor e pelo Seu Reino. A falta da hierarquia apostólica e a falta de submissão ministerial apostólica levam, muitas vezes, ao manuseio errado do dinheiro.

Outra área em que se evidencia a falta de ética é na intersecção com a política. Estamos falando de pastores que negociam os votos da igreja, que aceitam apoiar esse ou aquele candidato para se beneficiar pessoalmente. E nessa atitude cega apoiam pessoas com valores totalmente diferentes dos valores do Reino. Agem sem temor levando esta pessoa para os púlpitos das igrejas, impõem as mãos sobre elas e chamam de "homens de Deus" pessoas que são adúlteras, mexem com feitiçaria e são corruptas.

6.1. A questão moral

O preço que um cristão paga para ser líder é maior do que o preço que paga sendo uma ovelha ou discípulo, é claro. Por exemplo, ser irrepreensível moralmente falando é uma condição *sine qua non* para ser um líder. Não é apenas nas ações, mas na maneira de falar, na maneira de se expressar em suas pregações, nunca com palavras chulas, dolosas, mas apenas aquelas que edificam.

Algumas brincadeiras no altar não são apenas de mau gosto, mas ferem a santidade de Deus. Existem ministérios que usam palavras imorais como se fosse a coisa mais natural. O altar é um lugar santo, onde a pessoa deve se portar com temor e reverência. Existem ministérios femininos que fazem brincadeiras com pessoas do sexo oposto e que não ficam bem para o sacerdote. E existem homens, líderes, que fazem as mesmas brincadeiras maliciosas sobre as mulheres no púlpito, o que é totalmente inadequado para um representante de Deus.

Piadas e palavras mundanas não podem ser toleradas no altar de Deus e nem na boca daqueles que se dizem servos de Deus.

Seja coerente com sua posição ministerial ou, então, deixe de ser sacerdote. Você pode dizer: mas isso não é um grande pecado. Pode não ser, mas com isso você está deixando de ser modelo. Quem é líder deve se portar como líder. Talvez a sua ovelha ainda fale palavras de baixo calão ou conte piadas totalmente inadequadas, mas o líder não pode fazer o mesmo porque é modelo.

A restauração de um modelo para a Igreja e para a sociedade é crucial.

O líder deve se preocupar em não discriminar as pessoas e nem segmentos. As portas das igrejas estão abertas esperando pelos perdidos e por todos aqueles que têm sede de Deus, mas isso não pode ser um impeditivo para pregar contra o pecado que as pessoas praticam. Muitas vezes, alguns líderes permitem que se crie uma zona cinzenta em relação ao que a igreja permite ou não permite para não perder membros. Isso é ser morno.

Eu pergunto: um adúltero estaria apto para o sacerdócio? E um corrupto? A porta da Igreja está aberta, mas quem deseja ser um digno representante de Deus tem que ter contato com o Deus que transforma. Se a tua fé não te muda, não é fé. Isso vale para todos, incluindo o alcóolatra, o adúltero, o mentiroso, o ladrão e o homossexual.

Temos que ser muito claros. A Igreja não discrimina ninguém, mas tem valores de conversão, de vida, de santidade, de resignação — que é negar a si mesmo. Você pode até ter direito de ter ou fazer isso ou aquilo, mas por amor ao ministério, vai se resignar e não vai fazer.

6.2. A questão ética e de caráter

Muitas pessoas querem ministérios, mas primeiramente estão preocupadas em definir o seu salário. Ministério não inclui salário, inclui chamado. Ministério exige ética e caráter ilibado.

Observe o que o apóstolo Paulo diz em sua segunda carta aos Tessalonicenses:

> Irmãos, em nome do nosso Senhor Jesus Cristo nós lhes ordenamos que se afastem de todo irmão que vive ociosamente e não conforme a tradição que vocês receberam de nós. Pois vocês mesmos sabem como devem seguir o nosso exemplo, porque não vivemos ociosamente quando estivemos entre vocês, nem comemos coisa alguma à custa de ninguém. Ao contrário, trabalhamos arduamente e com fadiga, dia e noite, para não sermos pesados a nenhum de vocês, não porque não tivéssemos tal direito, mas para que nos tornássemos um modelo para ser imitado por vocês. Quando ainda estávamos com vocês, nós lhes ordenamos isto: Se alguém não quiser trabalhar, também não coma. Pois ouvimos que alguns de vocês estão ociosos; não trabalham, mas andam se intrometendo na vida alheia. A tais pessoas ordenamos e exortamos no Senhor Jesus Cristo que trabalhem tranquilamente e comam o seu próprio pão. (2Tessalonicenses 3:6-12) — NVI

Existe uma ética pastoral que deve ser restaurada em todos os ministérios, especialmente na questão financeira. Já escutei coisas do tipo: "Se eu fosse um executivo, eu ganharia tanto";

"Se me pagarem a quantia que quero, aceito tomar conta de uma igreja". Mas a Igreja não é uma empresa, ainda que possa ser gerida como se fosse. Ela deve ter a organização das empresas, mas não o espírito capitalista da empresa.

O espírito da empresa é o capital. O espírito da Igreja é o serviço.

As pessoas dizem: "Eu fiz teologia, faculdade, pós-graduação, mestrado, então, eu aceito o ministério, mas quero um salário compatível com o de diretor de empresa". Esse indivíduo que assim pensa não serve para o ministério, porque não sabe o que é ter uma vida resignada por um chamado e por amor a Deus. Isso não quer dizer que o obreiro não vai ter o seu provento, mas esse não pode ser o objetivo principal.

Depois que Pedro deixou seu barco e sua profissão para seguir Jesus, ele perguntou: "E nós que largamos tudo? O que vamos ganhar?" E Jesus disse: "Cem vezes mais nessa vida". Mas nunca sugeriu estar falando em termos monetários.

A Igreja deve ter a organização de uma empresa, mas ela não é uma empresa, é um organismo vivo. Há uma diferença. Para eu trabalhar no organismo vivo que é a Igreja, repito, é essencial ter resignação. Eu não posso querer que a minha capacidade seja valorizada por meio do dinheiro.

6.3. Excelência no serviço

A falta de excelência no serviço ministerial manchou a reputação da Igreja.

Por exemplo, não são poucas as igrejas em que a pregação é muito ruim em sua forma, especialmente no que diz respeito à língua portuguesa. Os erros persistentes na fala de muitos pastores trouxeram para a Igreja a fama de que crente é ignorante.

A falta de qualidade no atendimento às vidas, na prestação de contas, na conservação das dependências, entre outros aspectos, foi um forte aliado dos inimigos da Cruz. A restauração de um padrão de excelência passa pela visão de Reino e não pela visão de feudo. Quando tratamos e enxergamos tudo a partir do Reino de Deus, não cometemos a loucura de fazer do nosso jeito, com a nossa cara, mas entendemos que existe um padrão de qualidade do Reino que deve ser perpetuado e respeitado.

7. Restauração da mensagem da cruz

A Igreja, nos últimos 20 anos, entrou em uma competição acirrada em torno de seu corpo de membros. Para favorecer o aumento numérico, facilitou a entrada no Reino de Deus. Jesus falou de dois caminhos: um estreito e outro largo. Muitas igrejas pregam o caminho largo como se fosse o que Jesus ensinou. Estou falando da ganância do homem em ter tudo para si e em querer que Jesus seja seu servo.

O que acontece quando a mensagem da cruz não é pregada? Deus deixa de ser o centro e o homem passa a ocupar esse lugar. Deus deixa de ser o senhor e passa a ser o servo. Absurdo! Infelizmente, isso acontece quando líderes pregam apenas com a motivação de encher as igrejas.

A mensagem da cruz conserta esse princípio ganancioso do ser humano.

O que Deus disse ao homem no Éden? "Vocês serão semelhantes a mim". Então, vem a serpente e sugere ao homem que ele poderia ser semelhante a Deus, mas por outro caminho, pegando um atalho. Aqui está a origem dessa filosofia de vida.

Pastores e líderes, pelo desejo de expandir suas igrejas, começaram a abrir concessões sobre a mensagem da cruz. Mas não se pode negociar essa mensagem ou facilitá-la. A mensagem da cruz é a vida que nasce da morte: uma pessoa nega o seu "eu", crucifica seu "eu" e passa a servir ao Senhor.

Essa mensagem da crucificação do "eu", do negar-se a si mesmo, tem que começar a ser ensinada com ênfase. Pedro tentou impedir Jesus de passar pela cruz, seja por humanismo ou falta de visão espiritual. Então, Jesus disse: "Arreda-te, Satanás!". O diabo não estava em Pedro, mas seus valores estavam contaminados.

Vai chegar o dia em que o nível da Igreja voltará ao padrão de Deus. A restauração da mensagem da cruz vai levar a Igreja a um estado de maturidade tal que não precisaremos de nenhum objeto, símbolos ou muletas espirituais para o povo. A Igreja hoje necessita disso porque está em um período de transição.

8. Ser a voz profética

Na sua cidade, região ou nação, a Igreja precisa ser a voz profética. É ela que tem uma direção para a terra e para os governos. Quando a água estava amarga, quem eles foram procurar? Eliseu (2Reis 2:19-22). Porque ele era a voz profética da cidade.

Certa vez, a esposa de um médico bastante conhecido de Goiânia entrou em coma por causa do vírus H1N1. A secretária desse médico era irmã de uma obreira de nossa igreja e me pediu para ligar para ele. Liguei e fiquei sabendo que sua esposa tinha poucas chances de recuperação. Eu disse que ia orar e que ela sairia da UTI sem qualquer sequela. Oramos com ele e, no outro dia, voltamos a conversar, mas a situação havia piorado. Eu disse para ele pegar a Bíblia e ler Isaías 53:4,5 para a esposa na UTI. Passados alguns dias ele me ligou: "Apóstolo, nem sei como agradecer. Minha esposa está em casa, como o senhor falou, sem sequelas".

A voz profética traz sinais para a terra que atraem a sociedade para a Igreja. A Marcha para Jesus, por exemplo, toca as cidades e vai mexendo com as estruturas. É um ato profético.

Quando os milagres que acontecem nas igrejas passam na TV, a maioria não acredita. As pessoas só acreditam quando acontece na vida delas. A Igreja tem que ser a solução para os problemas sociais, econômicos e pessoais. Assim, ela ganha credibilidade, e quando existe algo muito importante a ser decidido, é consultada. Era assim no Antigo Testamento. Qualquer que fosse o problema ou desafio nacional, reis e governantes perguntavam: "Tem um profeta aqui?" A Igreja restaurada volta a esse patamar de credibilidade e de voz de Deus.

9. Restauração do entendimento sobre níveis dos membros da Igreja

Como já mencionamos, a Igreja é composta de três níveis: multidão, ovelhas e discípulos. O sacerdote que não compreender esses níveis corre o risco de perdê-los. Por exemplo, não se pode tratar alguém da multidão com os mesmos critérios que tratamos uma ovelha ou um discípulo. Você não pode exigir de uma ovelha o que você exige de um discípulo. Quando faz isso, machuca e fere a ovelha. Hoje, o que acontece? Os líderes não têm esse discernimento.

Quem transforma as pessoas é Deus. De que maneira? Através do ensino e da graça. Graça é a ação da misericórdia de Deus, o favor imerecido. São esses dois elementos que transformam o ser humano.

A multidão está ouvindo? Então, tenho que pregar a palavra da Verdade, mas comunicada em graça. Se você pregar a verdade sem a graça, a multidão não suportará. Se você ensinar a verdade por meio da graça, a multidão se transformará em ovelhas. Se você apascentar a ovelha com a graça e a verdade, a ovelha se transformará em discípulo.

Ninguém muda ou se transforma pela exigência ou ordem de um líder, mas pelo poder do amor e da graça do Pai.

Em certa ocasião, convivemos com uma pessoa que frequentava a igreja, mas eu sabia que ainda cheirava cocaína. Ele amava a igreja, ia aos cultos e nos enxergava como seus pastores. Ele vinha falar comigo após os cultos, e eu sabia que ele estava sob efeito das drogas. Um dia, eu parei perto dele e disse: "Deus te ama e vai te usar tremendamente".

Depois de alguns dias, ele me contou que aquela palavra entrou em sua vida de tal forma que ele foi para casa, jogou todas as drogas fora e ficou firme com Deus. Passado um tempo, ele criou um personagem de história em quadrinhos que ficou famoso e que já está em Bíblias, aplicativos, livretos etc. Ele se transformou em um homem de Deus depois de três anos cheirando cocaína e fumando, mas dentro da igreja. Hoje, tem uma vida transformada e uma família linda.

Como multidão, se tivesse dito para ele: "Você não pisa aqui enquanto estiver cheirando e fumando", ele estaria no mundo até hoje. Se no meu passado tivessem me tratado sem amor, eu mesmo não estaria aqui. O que me marcou foi Jesus colocar a mão no meu ombro e dizer: "Eu te amo do jeito que você é" (ver capítulo 7).

O sacerdote precisa reconhecer que existe a multidão e quem muda a multidão não é a doutrina da Igreja. O que muda alguém na multidão é a Palavra com a graça divina. Às vezes, pode demorar três ou cinco anos, mas a pessoa se transforma em um servo de Deus. O pastor precisa discernir que a ovelha necessita ser tratada da maneira que Jesus ensinou: "As minhas ovelhas me conhecem, ouvem a minha voz e me seguem" (João 10:27).

No compasso da ovelha

Quando fui reconhecido como pastor, a pessoa que liberou uma palavra sobre mim se chamava Jack Schirler. Eu esperava que ele liberasse uma palavra impactante, por exemplo, que eu seria o Billy Graham da minha geração, que eu encheria os ginásios, etc. Mas ele colocou a mão na minha cabeça e disse: "Eu te vejo andando no compasso das ovelhas. Pai, ensina o César a andar no compasso das ovelhas!". Foi uma decepção para mim. Eu saí decepcionado porque não entendi a profundidade do que ele quis dizer.

Nesse mesmo dia da minha ordenação, uma pessoa parou na minha frente e disse: "Você foi ordenado hoje, mas eu nunca vou te aceitar como pastor. Não te respeito como pastor, não te aceito e você nunca será meu pastor". Foi o meu primeiro contato com uma ovelha depois que fui ordenado. Foi a maior lição da minha vida ministerial: entendi que aquilo era a carne falando, pois ovelha é carnal. Ovelha berra, ovelha emburra e, se você andar muito rápido, ela não te acompanha.

Hoje, o que acontece no meio das igrejas é que se exige uma velocidade das ovelhas que elas não conseguem atingir e, de repente, começam a tirá-las, excluí-las, justificando: "Você não dá fruto, você não dá resultado, você não serve".

Em primeiro lugar, só o Espírito Santo pode exigir frutos. Depois, as lideranças precisam compreender que a ovelha tem que ser guiada e é preciso ter paciência para andar no compasso dela. Esse entendimento precisa ser restaurado na Igreja.

Preço a ser pago

Acredito que, nesses nove itens, abordamos os principais pontos nos quais a Igreja deve ser restaurada. Se você, como líder, quer se avaliar, comece por aí e vá progredindo na medida da revelação de Deus.

Infelizmente, no passado, começamos a fazer concessões e chegamos a um estado de coisas muito aquém do que é necessário para trazer o Reino de Deus e até mesmo para que Jesus Cristo retorne para buscar sua Igreja. É hora de mudar, mas a mudança e o retorno aos padrões bíblicos dependem da própria Igreja e de sua conscientização e movimento, que acreditamos, será de responsabilidade dos apóstolos ou da autoridade apostólica — para aqueles que têm o sentimento e a visão, mas têm também preconceitos quanto à nomenclatura.

Os apóstolos de nossos dias vão fomentar essa restauração e terão de pagar o preço por esse resgate, pois todas as vezes em que um movimento profundo de reforma é iniciado, um alto preço é cobrado de seus precursores. Por exemplo, abrimos esse capítulo com uma frase de John Huss. Ele foi um padre católico que nasceu na Boêmia — atualmente, República Tcheca — em

1371, e criticou duramente as doutrinas da Igreja romana muito antes de Martinho Lutero. Seu desejo de restauração e reforma da Igreja custou-lhe a vida.

Poggius Florentini, um outro padre católico que presenciou a execução de Huss, escreveu uma descrição detalhada de seus momentos finais: "Ele chegou até a estaca olhando para ela sem medo. Ele subiu nela depois que dois assistentes do carrasco haviam rasgado suas roupas. Naquele momento, o príncipe Ludwig do Palatinado, subiu e implorou que Huss voltasse atrás em tudo o que pregava para que fosse poupado da morte nas chamas. Mas Huss respondeu: "Hoje vocês assarão um ganso magro, mas em cem anos ouvirão um cisne cantar. Não serão capazes de assá-lo e nenhuma armadilha ou rede poderá segurá-lo."

Huss tinha razão. Praticamente 100 anos depois, Martinho Lutero começou a estudar e a lecionar sobre a epístola aos Romanos, quando foi convencido sobre a justificação pela fé, o que desencadeou a Reforma Protestante. Lutero escreveu:

> Eu, Dr. Martinho, fui chamado para esse ofício e fui compelido a me tornar um doutor, sem qualquer iniciativa minha, mas por pura obediência. Então eu tive que aceitar o ofício de doutor e fazer um juramento de que eu pregaria e ensinaria com fidelidade a minha tão amada Sagrada Escritura. Enquanto eu estava engajado no ensino, o papado cruzou meu caminho e queria me impedir Mas não me impedirá. No nome e na vocação de Deus, eu andarei sobre o leão e sobre a víbora e pisarei com meus pés no filhote de leão e no dragão. E isso que começou durante a minha vida se completará após minha morte. (*Luther's Works* [Obras de Lutero], Volume 34, Martinho Lutero)

E assim será com todos aqueles que amam a Igreja de Cristo, Seu Reino e a Sua volta.

CAPÍTULO 6

O Apóstolo

6.

"Uma vida, apenas, logo passará. Apenas o que for feito para Cristo permanecerá."

— Dwight L. Moody

Experimente perguntar para duas ou três pessoas o que elas acham dos apóstolos em nossos dias! Você vai ouvir muitas opiniões divergentes sobre o assunto, mas o que se escuta com frequência como argumento para se opor a esse mover de Deus é que apóstolos foram apenas os 12 discípulos que andaram com Jesus.

A resposta a esta questão teológica é simples: há Igreja ainda hoje? Então, deveria ser natural a existência de apóstolos. Observe o que diz o apóstolo Paulo: "E a uns pôs Deus na igreja, primeiramente apóstolos, em segundo lugar profetas, em terceiro doutores, depois milagres, depois dons de curar, socorros, governos, variedades de línguas" (1Coríntios 12:28).

E na carta aos Efésios, Paulo ratifica:

> E ele mesmo concedeu uns para apóstolos, outros para profetas, outros para evangelistas e outros para pastores e mestres, com vistas ao

aperfeiçoamento dos santos para o desempenho do seu serviço, para a edificação do corpo de Cristo. (Efésios 4:11,12)

Admitimos facilmente a existência dos outros quatro ministérios, mas não o de apóstolo. Por quê?

Um dos aspectos mitológicos sobre apóstolos em nossos dias é, sem dúvida, o legado da Igreja romana de considerar os primeiros apóstolos como sendo intermediários entre Deus e os homens, o que faz com que este ministério seja ignorado por muitos e que tenhamos certa negligência em discerni-lo.

A Igreja Evangélica como um todo tem facilidade de reconhecer os ministérios de pastor, evangelista e até de mestre, mas demonstra inabilidade em relação aos ministérios de profeta e apóstolo. Isto se dá pelo fato de não atentarmos para o processo progressivo da restauração a que Deus submeteu a Igreja desde os tempos antigos.

Nós acreditamos profundamente que o modelo de Igreja deixado por Jesus necessita dos cinco ministérios para ser eficaz. Portanto, cremos que o Espírito Santo iniciou o despertamento do ministério apostólico nestes últimos dias para restaurar a Igreja no modelo inicial projetado e deixado por Cristo. Assim, não somente somos convictos de que o ressurgimento de apóstolos em nossos dias é algo que o Senhor está realizando como esse propósito continuará e se consolidará.

Verdadeiros e falsos

Nos dias da Igreja primitiva era comum aparecer aqueles que se diziam apóstolos, porém eram rapidamente refutados e desmascarados. O Senhor Jesus elogia a Igreja de Éfeso pelo fato de ter posto à prova aqueles que se diziam apóstolos, mas não passavam de verdadeiros aventureiros ministeriais:

> Conheço as tuas obras, tanto o teu labor como a tua perseverança, e que não podes suportar homens maus, e que puseste à prova os que a si mesmos se declaram apóstolos e não são, e os achaste mentirosos. (Apocalipse 2:2)

Entretanto, isso não anula o propósito de Deus de querer que haja os verdadeiros apóstolos na Igreja, tanto naquela época como nos dias de hoje.

Não devemos criar mitos em torno do ministério apostólico, pois não há homens e nem estruturas perfeitas, porém sempre houve e haverá homens chamados por Deus para o ministério apostólico. E esses são aperfeiçoados a fim de dar continuidade à obra que Jesus começou (Atos 1:1).

Nos nossos dias, eu diria que há três situações que precisamos discernir quanto aos apóstolos. Em primeiro lugar, existem aqueles que são apóstolos, mas não assumem essa condição. Entretanto, seus frutos ministeriais os qualificam para o ministério apostólico. Depois, temos aqueles que não são, mas pensam e dizem que são, embora não reúnam condições nem frutos. E, por fim, temos os que são e assumem naturalmente o ministério apostólico, pois possuem um legado diferenciado que contribui para a formação de líderes frutíferos por décadas, tornando-se referenciais para muitos cristãos em vários segmentos da sociedade.

Algo que precisamos entender é que nenhum ministério começa sendo exercido em toda a sua plenitude e maturidade. É verdade que se exige certo nível de maturidade para o exercício inicial, porém há outros níveis de amadurecimento que só são adquiridos no exercício diário do dom ministerial e, com o passar do tempo, alcança-se a sua plenitude.

Exemplos típicos de imaturidade ministerial são claramente revelados nas Escrituras na vida de alguns apóstolos:

> E, chegando Pedro à Antioquia, lhe resisti na cara, porque era repreensível. Porque, antes que alguns tivessem chegado da parte de Tiago, comia com os gentios; mas, depois que chegaram, se foi retirando, e se apartou deles, temendo os que eram da circuncisão. E os outros judeus também dissimulavam com ele, de maneira que até Barnabé se deixou levar pela sua dissimulação. Mas, quando vi que não andavam bem e direitamente conforme a verdade do evangelho, disse a Pedro na presença de todos: Se tu, sendo judeu, vives como os gentios, e não como judeu, por que obrigas os gentios a viverem como judeus? (Gálatas 2:11-14)

> Tendo tido Paulo e Barnabé não pequena discussão e contenda contra eles, resolveu-se que Paulo e Barnabé, e alguns dentre eles, subissem a Jerusalém, aos apóstolos e aos anciãos, sobre aquela questão. E alguns dias depois, disse Paulo a Barnabé: "Tornemos a visitar nossos irmãos por todas as cidades em que já anunciamos a palavra do Senhor, para ver como estão." E Barnabé aconselhava que tomassem consigo a João, chamado Marcos. Mas a Paulo parecia razoável que não tomassem consigo aquele que desde a Panfília se tinha apartado deles e não os acompanhou naquela obra. E tal contenda houve entre eles, que se apartaram um do outro. Barnabé, levando consigo a Marcos, navegou para Chipre. E Paulo, tendo escolhido a Silas, partiu, encomendado pelos irmãos à graça de Deus. (Atos 15:2,36-40)

A imaturidade não anula o dom ministerial, porém impede que ele seja exercido na sua plenitude, e que, por hora, seja o instrumento de bênção para o qual Deus o projetou.

O apóstolo Paulo, em um primeiro momento, não foi capaz de conceder uma segunda chance a João Marcos e, por isso, se desentendeu com Barnabé, aquele que "pôs a mão no fogo" por ele lá em Jerusalém, quando ninguém acreditava em sua conversão (Atos 9:27; 11:25,26). Já nos seus últimos escritos, o agora "amadurecido" Paulo faz esta solicitação ao pastor de Éfeso: "Toma Marcos, e traze-o contigo, porque me é muito útil para o ministério" (2Timóteo 4:11).

Aquele que até então era considerado inútil passou a ser muito útil, tanto que Paulo reconhece isso e pede para que Marcos venha para estar com ele no final da sua carreira. É importante salientar que este João Marcos foi o primeiro a escrever um Evangelho, o Evangelho segundo Marcos.

Alguma coisa aconteceu na vida de João Marcos e também na vida de Paulo. Foi Deus quem fez acontecer, mas quem Ele usou? Acredito que foi Barnabé, o "filho da consolação", que não teve de Deus o privilégio de ser autor de nenhuma epístola do Novo Testamento, mas que foi usado como um ministério apostólico e maduro (João 3:27).

Precisamos entender que o dom ministerial de apóstolo é dado ao Corpo de Cristo e não apenas a um segmento cristão. E a maturidade é construída à medida que pontes são estabelecidas entre diversos ministérios apostólicos.

> O apóstolo não é um *popstar* ou celebridade. É um servo. Veio para servir a Igreja, servir o povo com atitude de quebrantamento, humildade e simplicidade.

Espero que você compreenda, juntamente comigo, a importância deste tema.

Eu sou consciente de que esta condição atual do apostolado não é final. A revelação de Deus é progressiva e vai continuar com certeza pelos anos futuros. Nós vamos ver a verdade da revelação numa amplitude maior da visão de Deus, mas com os mesmos fundamentos que estamos tratando neste livro.

Ele não era um dos 12

A palavra grega "apóstolos" (*ἀπόστολος*), traduzida por apóstolo, quer dizer "alguém enviado com uma missão específica". O apóstolo Paulo inicia a sua carta aos Romanos da seguinte forma: "Paulo, servo de Jesus Cristo, chamado para ser apóstolo, separado para o evangelho de Deus". Aqui está claro que ele foi chamado por Jesus Cristo para uma missão específica. Isso demonstra que o apostolado é um chamado. Paulo não se fez apóstolo; ele foi chamado e separado para pregar o Evangelho e expandir o Reino de Deus. E ao receber o chamado e essa unção, recebeu a capacidade de ter a visão da magnitude do Evangelho e do Reino.

Watcham Nee, um influente líder cristão chinês (1903-1972) que viveu no período anterior ao regime comunista e é conhecido mundialmente por seus livros, defende que o ministério apostólico é aquele que recebe uma unção específica para executar uma obra. Depois que a obra é executada, o título permanece apenas se ele receber outra unção e envio para executar nova obra.

Acreditamos que o ministério apostólico tem mesmo que ter uma dinâmica de ação, não se acomodar em uma zona de conforto, não se aposentar, mas viver de missão em missão, debaixo da dinâmica e necessidade da própria obra de Deus.

No Novo Testamento, a palavra "apóstolo" é citada 170 vezes e a palavra "pastor", apenas 17 vezes. Com isso, podemos perceber a importância que o Espírito Santo e as Escrituras demonstram sobre a natureza deste ministério.

Mas antes de prosseguirmos, descrevendo as características dos apóstolos, vamos conferir os quatro níveis citados na Palavra:

Nível 1 — Supremo Apóstolo

Observe o que está escrito em Hebreus 3:1: "Pelo que, santos irmãos, participantes da vocação celestial, considerai o Apóstolo e Sumo Sacerdote da nossa confissão, Jesus."

O autor de Hebreus chama Jesus de apóstolo. Por quê? Porque Ele foi enviado pelo Pai para uma missão específica.

> Enquanto falava aos discípulos, mostrou-lhes as mãos e o lado. Então os discípulos ficaram muito alegres ao verem o Senhor. E Jesus lhes disse mais uma vez: "A paz seja convosco! Assim como o Pai me enviou, Eu também vos envio." E, tendo dito isso, soprou sobre eles e disse-lhes: "Recebei o Espírito Santo." (João 20:20-22)

Nível 2 — Apóstolos do Cordeiro

Os apóstolos do Cordeiro são os 12 escolhidos por Jesus enquanto esteve na terra e que foram testemunhas da sua morte e ressurreição, testemunhas de que Ele fora mesmo o Cordeiro de Deus. Eles receberam um chamado especial, têm um galardão especial e são mencionados como fundamentos da nova Jerusalém. "A muralha da cidade tinha doze fundamentos, e estavam sobre estes os doze nomes dos doze apóstolos do Cordeiro." (Apocalipse 21:14)

> E são estes os nomes dos doze apóstolos: primeiro, Simão, chamado Pedro, e André, seu irmão; Tiago, filho de Zebedeu, e João, seu irmão; Filipe e Bartolomeu; Tomé e Mateus, o publicano; Tiago, filho de Alfeu, e Tadeu; Simão, o zelote, e Judas Iscariotes, o mesmo que traiu a Jesus. (Mateus 10:2-4)

Muitos podem perguntar: e Judas Iscariotes? Veja o que Pedro diz:

> Sendo assim, é preciso que escolhamos um dos homens que estiveram conosco durante todo o tempo em que o Senhor Jesus viveu entre nós, desde o batismo de João até o dia em que Jesus foi elevado dentre nós ao céu. É fundamental que um deles seja conosco testemunha de sua ressurreição [...] Então deitaram sortes a respeito deles e caiu a sorte sobre Matias, e por voto comum foi ele contado com os onze apóstolos. (Atos 1:21-22,26)

Nível 3 — Apóstolos de fundação

Em duas passagens das cartas de Paulo, aos Efésios e aos Coríntios, fica claro que Jesus é a pedra angular da obra de Deus, e os profetas e apóstolos lançaram os fundamentos: "Edificados sobre o fundamento dos apóstolos e profetas, sendo ele mesmo, Cristo Jesus, a pedra angular" (Efésios 2:20). E: "Segundo a graça de Deus que me foi dada, lancei eu como sábio construtor, o fundamento, e outro edifica sobre ele; mas veja cada um como edifica sobre ele." (1Coríntios 3:10)

Esses apóstolos estabeleceram os fundamentos da Igreja. Entre eles estão o próprio Paulo (1Coríntios 3:10); Tiago, o irmão do Senhor (Gálatas 1:19); Judas, irmão de Jesus (Judas 1:1), e João (2João 1:1; Apocalipse 1:4).

Essa categoria também se encerrou. Não existem mais apóstolos de fundação hoje.

Nível 4: Apóstolos por meio de dons e do chamado

Finalmente, chegamos aos apóstolos dos nossos dias. Trata-se de homens e mulheres chamados especificamente para esse ministério e que receberam dons para exercê-lo.

Observe novamente o texto de Efésios: "Por isso foi dito: Subindo ao alto, levou cativo o cativeiro, e deu dons aos homens. [...] E ele deu uns como apóstolos, e outros como profetas, e outros como evangelistas, e outros como pastores e mestres." (Efésios 4: 8,11).

A partir dessa passagem podemos depreender que o ministério dos apóstolos foi estabelecido juntamente com os outros quatro (profetas, evangelistas, pastores e mestres) após a ressurreição e ascensão de Jesus. Note que já havia apóstolos estabelecidos, mas esse dom de apóstolo, que Jesus confere, está em outra categoria, como dom ministerial, que edifica sobre os fundamentos já estabelecidos.

No trecho a seguir, podemos observar isso mais claramente:

> Havia na igreja de Antioquia profetas e mestres: Barnabé, Simeão, por sobrenome Níger, Lúcio de Cirene, Manaém, colaço de Herodes, o tetrarca, e Saulo. E, servindo eles ao Senhor e jejuando, disse o Espírito Santo: "Separai-me, agora, Barnabé e Saulo para a obra a que os tenho chamado." Então, jejuando, e orando, e impondo sobre eles as mãos, os despediram. Enviados, pois, pelo Espírito Santo, desceram a Selêucia e dali navegou para Chipre. (Atos 13:1-4)

Veja que curioso: Paulo (Saulo) está na lista dos profetas e mestres. Em seguida, é enviado pelo Espírito Santo, juntamente com Barnabé, "para a obra a que os tenho chamado". É apóstolo, profeta e mestre. Muitos o consideram também como um dos apóstolos do Cordeiro, pois sua importância no crescimento e expansão da Igreja é inquestionável. Mas não podemos afirmar isso com certeza.

O fato é que o ministério apostólico vem sendo restaurado na atualidade e tem a incumbência de edificar uma obra sobre os fundamentos que já foram estabelecidos pelos apóstolos de fundação. Isto se faz na medida em que a revelação é dada a um ministério para que, com sabedoria, maturidade e frutos provados, construa sobre tais fundamentos, fazendo com que as igrejas locais estejam conectadas às verdades bíblicas e ao mover do Espírito.

CAPÍTULO 7

Encontro sobrenatural

7.

"Eis que, de repente, ouço uma voz vinda da casa vizinha. Parecia de um menino ou menina repetindo continuamente uma canção: "Toma e lê; toma e lê". Mudei de semblante e comecei com a máxima atenção a observar se se tratava de alguma cantilena que as crianças gostam de repetir em seus jogos. Não me lembrava, porém, de tê-la ouvido antes. Reprimi o pranto e levantei-me. A única interpretação possível para mim era de uma ordem divina para abrir o livro e ler as primeiras palavras que encontrasse. [...] Peguei-o, abri e li em silêncio o primeiro capítulo sobre o qual caiu o meu olhar: "Não em orgias e bebedeiras, nem na devassidão e libertinagem, nem nas rixas e ciúmes. Mas revesti-vos do Senhor Jesus Cristo e não procureis satisfazer os desejos da carne". Não quis ler mais, nem era necessário. Mal terminara a leitura dessa frase, dissiparam-se em mim todas as trevas da dúvida, como se penetrasse no meu coração uma luz de certeza."

— *Confissões*, Agostinho

Nasci em Franca, no interior de São Paulo. Durante minha adolescência, a cidade e toda a região foram assoladas pela ação do tráfico, o que facilitou o acesso de parte da população às drogas. Muitos jovens tiveram suas vidas ceifadas e o futuro destruído pelo vício. Era o início de algo maligno que hoje, infelizmente, está banalizado.

Eu fui uma das vítimas deste contexto. Dos 13 aos 17 anos, as drogas me dominaram completamente e, por duas vezes, fui preso, mas por ser menor acabava sendo colocado em liberdade. Só bem mais tarde eu entendi que as drogas eram uma fuga para uma frustração muito grande que eu tinha. Eu não conhecia a Deus, não tinha uma vida espiritual; foi o caminho que encontrei para me anestesiar. Mas Ele já estava trabalhando para me salvar.

Minha avó criou um rapaz, o Sebastião, e ele se tornou pastor da Assembleia de Deus, tão tradicional que, na época, os homens tinham que usar chapéu. Toda vez que nos reuníamos no Natal, ele, que já estava casado e não morava mais conosco, chegava — mesmo minha família sendo católica — lia a Bíblia, pregava sobre o Natal, orava e ia embora. Um dia, ele perguntou: — Cadê o César? — E eu fui meio sem querer mesmo assistir à pregação dele. Ele ministrou com tanta convicção que eu decidi não fumar maconha no Natal, o que para mim era uma grande decisão.

Meus pais e toda a família estavam sofrendo muito com aquela situação em que eu me encontrava, pois quando existe um filho ou marido preso às drogas, todos na casa pagam um preço muito alto.

Sempre buscando uma saída, decidiram mudar de cidade. Eles tinham a certeza de que precisavam me tirar daquele ambiente e de perto das amizades que me levavam para as drogas. O suicídio de um amigo antecipou tudo, e meus pais não tiveram mais dúvida de que era o melhor a ser feito.

Nem tinha completado 18 anos quando me mudei para Goiânia. O plano era que toda a família saísse de Franca, mas, inicialmente, apenas eu viajei para lá e fiquei morando sozinho em um pensionato.

Mais uma vez, posso ver a mão de Deus, pois naquele pensionato, toda a noite um homem pregava e eu não conseguia sair do lugar; aquilo me cativava. Ele sempre falava sobre Noé e Moisés, tanto que eu passei a chamá-lo de Moisés, mas seu nome era Nei. O mais incrível é que, anos mais tarde, sua filha se tornou pastora da Igreja Fonte da Vida.

As palavras, tanto do Sebastião quanto as do Nei, ficaram marcadas de forma muito forte dentro de mim. Deus já estava abrindo um caminho em meu coração para se encontrar comigo.

"Eu te amo do jeito que você é"

Depois que mudamos para Goiás, um amigo que praticava esporte comigo me convidou para uma reunião da Mocidade para Cristo. Jesus estava fechando o cerco, e lá fui eu; era uma reunião de célula.

Ao final, a moça que dirigia o pequeno culto pediu para darmos as mãos e cantar uma música. Eu imaginei que todos ali eram como eu e que só a moça era convertida, mas na realidade só eu não era convertido. Na hora de cantar, meu maço de cigarros caiu no meio da roda e os cigarros se espalharam. Eu pensei "Não vou falar que é meu, pois certamente tem mais gente que fuma aqui", mas não tinha. E o que mais me cativou é que ninguém falou nada. Nós nos despedimos e o cigarro ficou lá no chão.

Em seguida, esse grupo me convidou para participar de um acampamento de jovens em Belo Horizonte (MG), mas eu não tinha dinheiro para ir. Lembro-me bem que uma das coisas que mais me impressionou é que eu acreditei quando a pessoa que me convidou disse: — Nós vamos orar e você vai achar dinheiro. — Eu era crítico, duvidava de tudo, não gostava de crente, mas naquela ocasião eu acreditei e saí procurando dinheiro. Não achei, mas Deus já tinha seu plano traçado e uma pessoa pagou para eu ir àquele encontro.

Foram três dias de ministrações, esportes e lazer. Nos dois primeiros dias quem pregou foi um pastor tradicional que falava baixo. Eu sentava nas últimas cadeiras e dormia. No último dia do acampamento outra pessoa subiu para pregar; um jovem, sem nenhum estereótipo de crente. De coturno, ele pulava, batia na mesa e, realmente, chamou minha atenção. Ele disse:

— Vocês podem dizer que a Bíblia foi escrita por homens, mas eu desafio vocês a provarem que Jesus não existe. Se você tem dúvida, hoje à noite, vá para seu quarto, dobre o joelho e peça para Jesus falar com você.

Aquilo foi como um ímã. Eu nem esperei ele acabar de pregar. Tinha uma lagoa muito bonita no local, só que estava de noite. Assim mesmo eu entrei no meio de uns eucaliptos e fui para a beira da lagoa. Ajoelhei e falei:

— Jesus, se o Senhor é real mesmo, como ele falou, eu quero te ver. — E quase que imediatamente apareceu uma luz muito forte no meio da lagoa. Eu já não me controlava mais, tremia e chorava muito.

No meio daquela luz eu vi o Senhor. Ele veio andando na minha direção e eu não tinha medo, mas temor. Era como se minha vida passasse diante de mim e eu visse tudo o que fiz em 17 anos; uma vida curta, mas tudo passava pela minha cabeça. Aquela presença era tão pura e eu via e sentia toda a minha impureza. Eu chorava muito e não conseguia olhar. Jesus, então, colocou a mão sobre mim e disse: "César, eu te amo do jeito que você é. Eu sou Jesus." Não por acaso, esse é o fundamento da Igreja Fonte da Vida. Aquela luz voltou para o meio da lagoa e desapareceu. Foi uma experiência tão real que as pedras brilhavam e, durante três anos, guardei-as comigo.

Quando, no dia seguinte, o ônibus estava saindo do acampamento, aquele mesmo jovem que havia pregado na noite anterior foi ao meu encontro. Eu estava sentado no fundo do ônibus. Ele saiu correndo, colocou a mão no meu ombro e disse: — Deus tem um ministério muito grande para você. Não se esqueça disso! — eu nem sabia o que era ministério. E continuou: — Ontem, nós te procuramos a noite toda e não te encontramos.

Para mim, aquele encontro sobrenatural com Jesus tinha durado apenas dois minutos, mas me procuraram por duas horas e não me encontraram.

O ônibus nos deixou na cidade de Belo Horizonte, mas, como não tínhamos dinheiro, íamos voltar para casa de carona, eu e mais duas pessoas. Tínhamos que conseguir carona de BH para o Rio de Janeiro, depois Campinas e, por fim, Franca. O primeiro caminhoneiro que nos deu carona estava fumando e, de forma sobrenatural, o Senhor abriu meus olhos e eu pude ver um demônio do lado dele; eu via dois espíritos atrás dele. Eu passei a ver o mundo espiritual, o que a princípio me assustou muito.

Fizemos toda aquela viagem e cheguei em Franca. Lá aconteceu uma experiência muito forte comigo. Percebi que minhas antigas amizades ainda exerciam influência sobre mim. Eu estava em processo de transformação, mas lá nada havia mudado. Eles iam até a janela do meu quarto para oferecer drogas todas as noites. Durante a primeira semana, eu resisti, mas na segunda não consegui e voltei a consumir drogas.

Subíamos em um morro e em uma árvore e lá eu comecei a ver anjos e demônios. Meus colegas achavam que eu estava doido das drogas, mas não era. Como eu sei? Eu sempre usei e nunca vi nada, mas depois de minha experiência com Jesus, passei a enxergar o mundo espiritual.

À noite, novamente, um daqueles amigos me chamou para sair e fomos a um bar. Como disse, nada havia mudado entre meus antigos amigos e, naquela noite, sem a menor cerimônia, um deles me convidou para ir buscar drogas no Paraguai. Entretanto, aconteceu algo tão estranho que me impediu de participar daquele esquema ilegal e que poderia ter me levado para a morte.

Esse meu amigo jogou um crucifixo em cima da mesa do bar e eu vi Jesus saindo do crucifixo. Eu exclamei: — Jesus está aqui. — E saí correndo. Os colegas do vício achavam que eu estava alucinado das drogas, mas aquela visão me salvou.

E o que aconteceu depois, naquela mesma noite, me deu a visão de paternidade que eu tenho até hoje.

Eu corri para casa e deitei, mas sentia os demônios vindo me enforcar e comecei a gritar. Meu pai colocou a mão no meu ombro e foi dormir comigo, porque a situação estava bem séria. E ele me disse: — Filho, isso é só o começo. Vai piorar muito se você não sair disso. — Eu levantei e falei: — Pai, eu não posso mais ficar aqui. Me coloca no ônibus que eu vou embora para Goiânia amanhã mesmo. — E foi o que aconteceu. Parti na manhã seguinte para nunca mais voltar.

Fiel à visão celestial

O que me manteve de pé durante muito tempo até minha libertação total — e até hoje, pra falar a verdade — foi aquela visão de Jesus e Sua voz me dizendo: "César, eu te amo do jeito que você é". Foi uma marca e me perseguiu por todos os lugares, mesmo me drogando. Hoje, eu entendo como a visão celestial faz parte do chamado apostólico e compreendo perfeitamente o que o apóstolo Paulo disse ao rei Agripa:

> Ao meio-dia, ó rei, indo eu caminho fora, vi uma luz no céu, mais resplandecente que o sol, que brilhou ao redor de mim e dos que iam comigo. E, caindo todos nós por terra, ouvi uma voz que me falava em língua hebraica: Saulo, Saulo, por que me persegues? Dura coisa é recalcitrares contra os aguilhões. Então, eu perguntei: Quem és tu, Senhor? Ao que o Senhor respondeu: Eu sou Jesus, a quem tu persegues. Mas levanta-te e firma-te sobre teus pés, porque por isto te apareci, para te constituir ministro e testemunha, tanto das coisas em que me viste como daquelas pelas quais te aparecerei ainda, livrando-te do povo e dos gentios, para os quais eu te envio, para lhes abrires os olhos e os converteres das trevas para a luz e da potestade de Satanás para Deus, a fim de que recebam eles remissão de pecados e herança entre os que são santificados pela fé em mim. Pelo que, ó rei Agripa, não fui desobediente à visão celestial, mas anunciei primeiramente aos de Damasco e em Jerusalém, por toda a região

da Judéia, e aos gentios, que se arrependessem e se convertessem a Deus, praticando obras dignas de arrependimento. (Atos 26:13-19)

Voltei para Goiânia, onde começou, de fato, o processo de conversão e vida ministerial.

Continuei fumando cigarro tradicional. Pregava e fumava. E tive uma experiência maravilhosa. Eu tinha um amigo, um cara intelectualizado, e nós praticávamos esporte juntos. Certo dia, estava falando de Jesus para ele, nós dois fumando, e eu disse: — Jesus me preenche, e você precisa buscar Jesus. — Ele questionou: — Como Jesus te preenche se você ainda depende do cigarro, como eu? — Levei um choque e decidi na hora: — Olha aqui! Nunca mais eu vou fumar — e joguei fora o cigarro.

Depois tive outra experiência marcante. Meu cabelo era meu ídolo. Eu estava orando e o Espírito Santo falou: — Você gosta do seu cabelo? — Respondi: — Eu acho muito bom! — E Ele: — Não está na hora de cortar? — Naquele momento o cabelo pesou. No outro dia, fui lá e cortei bem curtinho. Para quem me conhecia, como a minha mãe, quando me viu de cabelo curto, entendeu que alguma coisa muito séria estava acontecendo.

Começava em mim um processo de mudanças que o Espírito Santo fez, uma atrás da outra, e não tinha mais como dizer não.

O Senhor começou a me chamar para o ministério. Eu não me achava digno. Eu orava: — Deus, me dê dinheiro para sustentar as pessoas na obra, pois eu não sou digno. Eu não tenho essa capacidade ministerial. — Mas o Senhor continuava me chamando.

No colégio onde eu estudava, todo mundo ficou sabendo da mudança, porque, inclusive, eu era um péssimo aluno. Então, um dia, a professora propôs: — Por que você não fala da sua mudança? Na hora do intervalo, a gente se reúne e você fala. — Eu não queria, mas Deus disse que era para eu falar. E não foi só minha sala. Foi o colégio todo. E eu só sabia João 3:16. Falei e fiz um apelo e vieram muitas pessoas à frente. Então percebi que não podia mais fugir do chamado de Deus.

Outro dia, na Igreja Fonte da Vida, reencontrei uma senhora que se converteu naquele dia. Isso faz mais de 40 anos.

Hoje, eu entendo que Deus começou a formar em mim desde o início um ministério cujas bases são sua graça, bondade e misericórdia.

E essa foi minha vida de conversão.

Fonte da Vida

Passados alguns anos e muitas experiências depois, em 1994, entendemos que precisávamos gerar uma igreja dentro do modelo bíblico. Assim nasceu a Fonte da Vida: uma igreja que tem a visão, estrutura, ministério e ação bíblica, que tem como base a Igreja primitiva. Em seguida, comecei a falar sobre Igreja apostólica e fui muito criticado e perseguido.

Nós começamos a nos reunir em uma casa e o crescimento foi tão sobrenatural que até hoje, quando penso no início da Fonte da Vida, o versículo que me vem à cabeça é Marcos 4:26,27: "O Reino de Deus é assim como se um homem lançasse a semente à terra; depois, dormisse e se levantasse, de noite e de dia, e a semente germinasse e crescesse, não sabendo ele como."

Cresceu tanto que tivemos que ir para um salão de festa, depois passamos para um anfiteatro de uma empresa. Do anfiteatro, alugamos um salão de dois andares e colocávamos telão na rua, porque já não comportava mais pessoas dentro. Em menos de dois anos, com reuniões quarta, sábado e domingo, chegamos a cinco mil pessoas.

Isto é apenas parte de nossa história que, quando nos lembramos e olhamos para trás, não nos deixa esquecer da nossa dependência de Deus, de que tínhamos e temos um chamado para edificar sobre o fundamento dos apóstolos.

CAPÍTULO 8

Marcas do apostolado

8.

"Quanto a mim, estou sendo já oferecido por libação, e o tempo da minha partida é chegado. Combati o bom combate, completei a carreira, guardei a fé. Já agora a coroa da justiça me está guardada, a qual o Senhor, reto juiz, me dará naquele dia; e não somente a mim, mas também a todos quantos amam a sua vinda"

– Apóstolo Paulo

Como já destacamos, um apóstolo não é uma celebridade, mas um servo. Ele, assim como qualquer homem escolhido por Deus, vai sendo aperfeiçoado e talhado para cumprir o eterno propósito de Deus e trazer a revelação clara do que é exatamente este propósito.

Vamos ver algumas das principais características daqueles que receberam o chamado para o ministério apostólico:

1) O apóstolo é um enviado de Deus para uma missão específica

O apóstolo Paulo recebeu uma missão específica: ele seria enviado aos gentios e autoridades poderosas da época. Isso é revelado nos versos 15 e 16 do capítulo 9 de Atos dos Apóstolos:

> [...] este é para mim um instrumento escolhido para levar o meu nome perante os gentios e reis, bem como perante os filhos de Israel; pois eu lhe mostrarei quanto lhe importa sofrer pelo meu nome. Paulo tinha uma missão específica e a cumpriu até sua morte; aliás, morreu pelo seu chamado. Então, cremos que essa é uma condição *sine qua non* de um apóstolo.

Como já mencionamos, há quem não acredite em apóstolos em nossos dias, mas existem também aqueles que foram para outro extremo e definiram vários tipos de apóstolos que não são bíblicos. Por exemplo, apóstolo empresário, apóstolo escritor, apóstolo empreendedor. O ministério apostólico é você estar dentro do propósito inicial de Deus: "Ide por todo o mundo e pregai o Evangelho a toda criatura" (Mateus 16:15).

Enquanto está cumprindo essa missão, tem a unção apostólica, mas no dia em que encontra seu lugar de conforto e para, perde a unção apostólica. Quando uma pessoa tem a unção para levar o Evangelho até os confins da terra, esse é seu ministério. Se, porventura, a pessoa perde essa unção, esse desejo, esse chamado, esse desafio, deixa de ser um apóstolo.

Sabemos que um indivíduo é um apóstolo porque ele pode estar com 100 anos, mas estará mudando de cidade, abrindo igreja, pregando pelas nações, porque o chamado está dentro dele. Se ficar preso a uma ação limitadora, ministerialmente falando, como pastor, mestre ou profeta, ele vai matar o dom que Deus lhe deu. Então, a primeira característica é que ele é enviado para uma missão específica que não tem prazo determinado para terminar.

2) É enviado para gerar igrejas

Outra característica que diferencia o apóstolo é que ele gera igrejas ou adota as que já existem. E quando isso acontece, a paternidade dessas igrejas recai sobre ele.

Paulo disse: "Não vos escrevo estas coisas para vos envergonhar; pelo contrário, para vos admoestar como a filhos meus amados. Porque, ainda que tivésseis milhares de preceptores em Cristo, não teríeis, contudo, muitos pais; pois eu, pelo evangelho, vos gerei em Cristo Jesus". (1Coríntios 4:14,15) E também escreveu: "Além das coisas exteriores, há o que pesa sobre mim diariamente, a preocupação com todas as igrejas. Quem enfraquece, que também eu não enfraqueça? Quem se escandaliza, que eu não me inflame?" (2Coríntios 11:28,29)

O apóstolo é o pai das igrejas que ele gera e se relacionará com elas da mesma forma que um pai se relaciona e acompanha o desenvolvimento de seus filhos; estará presente em todas as fases do crescimento daquela congregação. É bem diferente do missionário que faz uma cruzada, pode ou não retornar, e as igrejas locais é que tomarão conta das vidas.

Observamos este comportamento na vida do apóstolo Paulo: ele permanecia três anos em uma cidade, dois anos em outra. Fundava igrejas, organizava cada uma delas com o auxílio de bispos, presbíteros, diáconos e, posteriormente, retornava para acompanhar o desenvolvimento. Quando não o fazia pessoalmente, enviava cartas e buscava sempre receber notícias. Acompanhava e direcionava cada igreja até que se consolidassem.

O apóstolo, portanto, gera, edifica e deixa igrejas estabelecidas em cidades e países.

3) É formador de lideranças, gera novos ministérios

O ministério apostólico tem o dom de gerar lideranças através do direcionamento claro do Espírito Santo. Elias, por exemplo, como escolheu Eliseu? Deus mostrou a ele: "Disse-lhe o SENHOR: Vai, volta ao teu caminho para o deserto de Damasco e, em chegando lá, unge a Hazael rei sobre a Síria. A Jeú, filho de Ninsi, ungirás rei sobre Israel e também Eliseu, filho de Safate, de Abel-Meolá, ungirás profeta em teu lugar" (1Reis 19:15,16). Dessa mesma forma, o apóstolo tem uma percepção espiritual e sabe quando o Espírito Santo está lançando um manto sobre aqueles que serão líderes, sucessores ou pioneiros em algum ministério.

Um dos homens de Deus mais comprometidos que conhecemos durante nossa caminhada ministerial era um alcoólatra, de tal forma viciado que chegava a tomar álcool. Já no primeiro dia que ele entrou na igreja, o Senhor falou comigo: "Esse homem tem um chamado para o ministério". Eu sabia que ele ainda bebia e se drogava, mas toda semana estava na igreja para ouvir a Palavra de Deus. Um dia, coloquei as mãos sobre a cabeça dele e profetizei: "Você tem um chamado para o ministério". No sábado seguinte, ele tinha preparado uma ministração e queria pregar. Ele tinha abandonado o álcool e as drogas. Hoje é um bispo muito abençoado.

Em outra ocasião, fui pregar em Ribeirão Preto (SP) e, no momento em que chamei as pessoas para a frente, veio um homem sobre o qual o Espírito Santo testificou no meu espírito. Falei para ele: "Deus te chamou para ser coluna da igreja". Nunca o tinha visto na minha vida, e era a primeira vez que ele tinha ido à igreja. Conclusão: hoje ele é um pastor maravilhoso de uma de nossas igrejas em Minas Gerais. Só fiquei sabendo que aquela palavra havia se cumprido dois anos mais tarde, quando retornei àquela cidade para ordená-lo pastor.

O apóstolo tem esse discernimento sobre o potencial e o chamado das pessoas. A Igreja cresce e o apóstolo não pode realizar tudo sozinho, obviamente, por isso tem que ter uma equipe apostólica, uma estrutura de formação que irá auxiliá-lo nessa missão. E isso vai se formando sempre pelo direcionamento e chamado claros de Deus para o ministério e não por simples necessidade.

4) Capacidade de ver os próximos passos e o potencial das pessoas e das igrejas

A capacidade de discernir os próximos passos em relação ao avanço da Igreja é uma característica do apóstolo, mas as pessoas imaginam se tratar de uma prerrogativa do profeta. O profeta percebe o que pode acontecer, o apóstolo vê a maneira de executar. Ele tem a visão clara do propósito de Deus e conhece os caminhos para alcançar esse propósito.

Tem a capacidade de discernir e direcionar as igrejas na sua contribuição para que o propósito seja realizado, pois cada denominação tem um aspecto da visão e do propósito — e nenhuma tem a revelação inteira, justamente para que se manifeste a multiforme graça e sabedoria de Deus na unidade.

As igrejas precisam, muitas vezes, ser desafiadas a alcançar sua contribuição no propósito eterno. As pessoas têm facilidade de aceitar desafios que é para sua bênção pessoal, mas quando se trata de desafios para o crescimento da obra de Deus vemos sempre uma resistência fruto da religiosidade. Para que as igrejas entendam que a contribuição deve ser pensada em termos da eternidade e do Corpo de Cristo é preciso um nível de consagração muito maior; e que entendam que o galardão é mais importante que a recompensa terrena.

O ministério apostólico incentiva o crescimento individual das ovelhas e discípulos do ponto de vista espiritual, emocional e profissional, melhorando o nível das pessoas para que o propósito eterno seja enriquecido; leva a Igreja a se qualificar para representar melhor o Reino de Deus. Tem pessoas que chegam à Igreja com grande potencial, mas nunca foram desafiadas a se desenvolver. Então, esse é o papel da Igreja apostólica. Muitas pessoas não têm curso superior, não por falta de capacidade, mas de incentivo e desafio; foram criados em uma estrutura de acomodação. O que o ministério apostólico faz? Desafia aquela pessoa a crescer para representar com excelência o Reino de Deus.

5) Capacidade de ver qualidades

O verdadeiro apóstolo tem a capacidade de ver as qualidades das pessoas em primeiro lugar, acima dos defeitos que, é claro, existirão. O que o ministério apostólico ressalta na equipe e nas pessoas não são as deficiências, mas as qualidades, sabendo compreender as falhas, e as auxiliando na superação das limitações até chegar à maturidade. Um apóstolo não escolhe apenas as pessoas talentosas e sem problemas, ele enxerga potenciais e ajuda a "destravar" as vidas. Ele nunca as usa como "laranja", isto é, depois que tirou todo o suco, joga fora o bagaço. Jesus jogou fora as deficiências.

> E Jesus, andando junto ao mar da Galileia, viu a dois irmãos, Simão, chamado Pedro, e André, seu irmão, os quais lançavam as redes ao mar, porque eram pescadores; E disse-lhes: Vinde após mim, e eu vos farei pescadores de homens. Então eles, deixando logo as redes, seguiram-no. E, adiantando-se dali, viu outros dois irmãos, Tiago, filho de Zebedeu, e João, seu irmão, num barco com seu pai, Zebedeu, consertando as redes; E chamou-os; eles, deixando imediatamente o barco e seu pai, seguiram-no. (Mateus 4:18-22)

O que Jesus viu nesses homens simples e iletrados? É isso que o Espírito Santo mostra aos apóstolos.

6) Tem um coração paterno

O apóstolo não é um coronel, comandante ou chefe. Infelizmente, temos líderes com esse perfil por aí, defendendo que o apóstolo é só um comandante; porém, um apóstolo tem um coração paterno. É pai. Isso não quer dizer que ele não disciplina, não corrige ou que não é firme. A autoridade não vem pela imposição, mas pelo reconhecimento. A autoridade que vem pela imposição é autoritarismo. E autoritarismo gera medo e não respeito. A autoridade que vem pelo reconhecimento gera submissão e admiração; são coisas que andam juntas. E isso só um coração paterno faz.

O filho pode até ter um problema com o pai, mas no fundo ele sabe o que o pai representa. Na hora certa ele entenderá o papel e a importância da presença de seu pai ali. O ministério apostólico é assim.

Pai não é perfeito, mas é um abençoador. Da mesma forma, não existe apóstolo perfeito, mas aquele que diz ter recebido essa unção apostólica tem que ser abençoador.

Paternidade

É importante frisar que não estamos falando de paternidade carnal, em que muitas vezes os pais se mostram condescendentes e superprotetores, e os filhos têm altas expectativas de amor, aceitação. Estamos falando de paternidade espiritual, debaixo do domínio do Espírito Santo e dentro dos propósitos do Reino.

O apóstolo, em sua característica de pai, deve transmitir segurança e convicção nas direções. Ele ensina como estabelecer limites e andar neles. O pai não destrói o ministério ou abafa aqueles que estão sendo levantados por Deus. Ao contrário, incentiva, orienta e se alegra com o crescimento e a multiplicação ministerial que ocorre na vida de seus "filhos".

Não atua como um general ou como alguém inacessível, distante e cercado pela estrutura religiosa. O pai valoriza e aquece a paternidade; não é apenas uma filiação e sim a valorização da fidelidade e da comunicação. Nem sempre os discípulos possuem todas as qualificações desejadas, mas com paciência e com graça é possível prepará-los para caminhar as milhas que ainda faltam para alcançar o propósito de Deus para aquele ministério ou região.

Traços da paternidade

— Capacidade de proteger a Igreja e os ministérios contra os falsos apóstolos e lobos disfarçados de ovelhas;

— Capacidade de criar espaço para novos ministérios. Não é inseguro como muitos que têm medo de perder posição, mas ao contrário, sente-se satisfeito e orgulhoso ao ver seus filhos alcançando proeminência;
— Produz uma correção amorosa. O pai nunca deixa de corrigir, mas não tem uma atitude destrutiva. Ajuda no aperfeiçoamento do chamado para que os filhos gerados ou adotados não cresçam com ministérios deficientes. Deus não corrige bastardos e sim filhos criados com amor (Hebreus 12);
— Coração desafiador que impulsiona a Igreja. O profeta Isaías fala no capítulo 54, versículos 2 e 3:

> Amplia o lugar da tua tenda, e estendam-se as cortinas das tuas habitações; não o impeçais; alonga as tuas cordas, e fixa bem as tuas estacas. Porque transbordarás para a direita e para a esquerda; e a tua descendência possuirá os gentios e fará que sejam habitadas as cidades assoladas.

O coração de pai estica bem a corda, mas nunca dando desafios impossíveis de se conquistar ou que estão muito acima da pessoa e do limite da sua maturidade, pois isso gera frustração e desânimo. O coração paterno sabe o quanto esticar as cordas da sua habitação.

7) Vida sobre o altar

O que é vida no altar? É uma vida sacrificial.

Em Joel 1:13, o profeta diz: "Cingi-vos de pano de saco e lamentai, sacerdotes; uivai, ministros do altar; vinde, ministros de meu Deus; passai a noite vestidos de panos de saco; porque da casa de vosso Deus foi cortada a oferta de manjares e a libação."

O apóstolo é chamado para viver uma vida sacrificial, e para isso tem que entender o valor da consagração. Já ouvi muitas pessoas dizerem: "Eu larguei tudo por Cristo." Ou: "Se eu não fosse pastor, eu seria isso ou aquilo." Essa pessoa não entende que a consagração leva ao sacrifício, mas é um privilégio para poucos. A recompensa maior dos servos de Deus não são os aplausos da Igreja, não é a glória que recebe como celebridade, não está na quantidade de livros ou CDs que ele vende. O seu galardão está na eternidade.

Vida no altar é o oposto de vida nos palcos ou na ribalta.

E quando entendemos que consagração é uma vida sacrificial, entendemos conjuntamente que sem fundamentos sólidos de vida cristã é impossível suportar o sacrifício. Vale lembrar que vida sacrificial não é uma exigência apenas para apóstolos, mas para todo aquele que é chamado para o ministério. Veja alguns desses fundamentos que darão suporte à vida sacrificial:

a) Comunhão viva com o Espírito Santo. Se não tiver essa comunhão, o sacrifício exigido poderá matar seu ministério. Com a comunhão viva, o sacrifício trará vida para sua vida. Jesus só conseguiu passar pela cruz porque tinha um contato constante com o Pai;
b) Palavra de Deus como alimento diário:

Quanto amo a tua lei! É a minha meditação, todo o dia! Os teus mandamentos me fazem mais sábio que os meus inimigos; porque, aqueles, eu os tenho sempre comigo. Compreendo mais do que todos os meus mestres, porque medito nos teus testemunhos. Sou mais prudente que os idosos, porque guardo os teus preceitos. Quão doces são as tuas palavras ao meu paladar! Mais que o mel à minha boca. Lâmpada para os meus pés é a tua palavra e, luz para os meus caminhos. (Salmos 119:97-105)

c) Ter um modelo, um referencial. Mesmo sendo um grande homem, admirado por todos, ou já com a cabeça branquinha, um apóstolo deve ter um referencial. Não precisa estar próximo, geograficamente falando, do referencial - mesmo porque só poderá estar próximo quando tiver maturidade para entender que mesmo esse modelo tem limitações humanas. Esse referencial não precisa ser necessariamente a autoridade que está estabelecida sobre ele, é até bom que não seja;
d) Estar debaixo de uma estrutura hierárquica de autoridade e submissão. E precisa admirar e confiar naquele que está acima - que não necessariamente precisa ser seu referencial de modelo. É uma diferença muito tênue.

Deixe-me falar um pouco desse aspecto. As pessoas largam a Igreja quando acaba a admiração e a confiança em uma autoridade, largam tudo e vão embora. — Por que você saiu da igreja? — perguntamos. — Porque acabou meu tempo. Agora vou fundar meu ministério. Deus está falando comigo — responderão. Mas o que, de fato, aconteceu? Perdeu-se a admiração e a confiança em seus líderes.

Nesses casos, esse discípulo desiludido com sua liderança deveria recorrer ao ministério apostólico, e seria orientado: — Volte e permaneça, porque você está errado. — Mas se não tiver um modelo, se não estiver debaixo da autoridade apostólica, ele mesmo vai dirigir o seu caminho e estará sujeito a uma série de distorções — é o que mais acontece atualmente;

e) Revelação pessoal da Palavra de Deus. Precisa ouvir a Deus. Não pode ser um pregador de mensagens alheias. Existem, por exemplo, pastores que não oram, não se alimentam da Palavra, e na hora da pregação buscam uma mensagem na Internet, acrescentam alguns textos e, como já têm o dom, vão lá, pregam e o povo brada: Aleluia! Mas isso se chama furto de mensagem. Servo de Deus tem que ter integridade. Você pode até enriquecer a sua mensagem através de conteúdos de outros, mas a essência da sua mensagem tem que vir dos Santos dos Santos. O apóstolo não pode perder esse contato com Deus. Pregue o "arroz com feijão" de cada dia, mas que o arroz com feijão de cada dia seja o que você ouviu diretamente de Deus;

f) E, por fim, tem que amar a cruz de Cristo, negar a si mesmo, ter um quebrantamento voluntário. E quando isso acontece? Quando a minha vontade é confrontada com a vontade de Deus, que está bem explícita na Palavra. Quando a Palavra me confronta, o meu "eu" tem que ser sacrificado. Por isso, tenho que amar a cruz. Vamos falar um pouco mais sobre isso no próximo capítulo.

8) Compromisso com o eterno propósito de Deus

Para entender o propósito de Deus é preciso ler, no mínimo, 30 vezes, o livro de Efésios, principalmente os capítulos 1, 2 e 3. Em

Efésios 3:1, o apóstolo Paulo escreveu: "Por esta causa eu, Paulo, sou o prisioneiro de Jesus Cristo por vós, os gentios". A que causa ele se refere? A que ele já havia descrito nos capítulos 1 e 2. Por esse propósito, por esse objetivo ele se fazia prisioneiro, porque a causa de Cristo era empolgante e o enchia de tamanha alegria e esperança.

Paulo estava vivendo debaixo do domínio do império romano, corrupto, imoral, terrível, com leões devorando cristãos literalmente. Então, na carta aos Filipenses 1:23-25, ele escreve:

> Ora, de um e outro lado, estou constrangido, tendo o desejo de partir e estar com Cristo, o que é incomparavelmente melhor. Mas, por vossa causa, é mais necessário permanecer na carne. E, convencido disto, estou certo de que ficarei e permanecerei com todos vós, para o vosso progresso e gozo da fé.

Ele diz que o melhor seria estar com Cristo, mas por causa da obra preferia ficar porque sabia que Deus tinha um propósito na terra.

Em Atos 1:8, após a ressurreição, Jesus fica 40 dias ensinando seus discípulos sobre o propósito, que era o Reino de Deus. Durante 40 dias, Ele colocou fundamentos do Reino. Ele esclarece que edificaria a Igreja para que através das igrejas a chave do Reino de Deus fosse dada ao homem.

O ministério apostólico restaura a Igreja para que seja veículo da implantação do propósito eterno de Deus.

Qual é o propósito?

Os discípulos pediram a Jesus: "Ensina-nos a orar". Ele disse: "Pai nosso que estais no céu, santificado seja teu nome, venha o teu Reino, seja feita a tua vontade assim na terra como no céu".

Qual é o propósito de Deus? Trazer o Seu Reino através da Igreja restaurada, como já vimos nos capítulos anteriores.

Certa vez, fomos à Argentina ver um homem de Deus que estava pregando em estádios, com um forte ministério evangelístico. Ao retornar ao Brasil, fiquei pensando se não deveria voltar a fazer esse tipo de cruzada e deixar de lidar com as igrejas. Deus me fez uma pergunta: — O que você quer? Edificar a minha Igreja ou fazer a obra fora da Igreja? — Respondi: — Edificar a Igreja é mais difícil, mas é o que eu quero. — Foi quando começamos o ministério voltado para a Igreja.

Jesus disse em Mateus 16:18: "Também eu te digo que tu és Pedro, e sobre esta pedra **edificarei** a minha igreja, e as portas do inferno não prevalecerão contra ela." A causa principal a que Paulo está se referindo, em Efésios 3:1, é a edificação da Igreja expressando o Reino de Deus. Quando compreendemos isso, passamos a ser abnegados. Paulo disse que considerava tudo como refugo, fazia tudo para alcançar o propósito e prosseguia para o alvo.

9) Ser provado pelo fogo

O ministério apostólico é provado pelo sofrimento. Não existe apóstolo sem sofrimento. Paulo disse: "eu trago as marcas de Cristo". O chamado apostólico é um chamado que nos leva a momentos de dores e é isso que traz o respeito e a autoridade de Deus ao apóstolo diante da Igreja, conforme a reação nos momentos de sofrimento.

Quando um dos meus filhos sofreu um acidente automobilístico e ficou entre a vida e a morte, aquilo foi uma prova para nosso ministério. A casa que estávamos edificando tinha tudo para cair; tudo ficou abalado.

Quem quer ser apóstolo sem ser chamado tem que entender que vai enfrentar lutas pelo caminho e, se não tem chamado, não suportará.

O caminho não é estádio cheio, livros vendidos. O caminho é o sofrimento. Não é uma vida inteira de sofrimento, mas são provas pelas quais o ministério passará para ver se tem estrutura para suportar o que vai ser edificado.

O pedido da mãe de Tiago e João (Marcos 10:35-45) foi para que eles se assentassem à direita e à esquerda de Cristo no seu Reino. E Jesus respondeu com outra pergunta: "Eles podem tomar desse cálice que vou beber?". Não existe ministério apostólico sem sofrimento, porque as bases do ministério são solidificadas no momento de dor.

Em um momento de enfermidade, como o que eu passei, os questionamentos são muitos. Mas se você tem a base do chamado, sabe que Aquele que começou a boa obra há de terminá-la. Quando a medicina coloca um ponto final, quando um juiz coloca um ponto final, Deus vem e transforma esse aparente fim em apenas uma pausa, um momento para o recomeço. Assim é o ministério apostólico.

O apóstolo Paulo disse: "Quanto ao mais, ninguém me moleste; porque eu trago no corpo as marcas de Jesus" (Gálatas 6:17). E mostrou as marcas:

> Cinco vezes recebi dos judeus uma quarentena de açoites menos um; fui três vezes fustigado com varas; uma vez, apedrejado; em naufrágio, três vezes; uma noite e um dia passei na voragem do mar; em jornadas, muitas vezes; em perigos de rios, em perigos de salteado-

> res, em perigos entre patrícios, em perigos entre gentios, em perigos na cidade, em perigos no deserto, em perigos no mar, em perigos entre falsos irmãos; em trabalhos e fadigas, em vigílias, muitas vezes; em fome e sede, em jejuns, muitas vezes; em frio e nudez. (2Coríntios 11:24-27)

O ministério apostólico enfrenta gigantes que outros ministérios não enfrentam. Por isso, o alicerce tem que ser provado pelo fogo. Muitos estão falando que são apóstolos, mas o ministério deles ainda não passou pelas provas. Mas quando acontecer, será que abandonarão tudo no momento da tempestade?

O amadurecimento produz a solidez da obra. As tempestades existem e virão sobre toda obra que está sendo edificada. Quando alguém se intitula apóstolo, ele tem que estar preparado, precisa ter alicerce. Não tem como ir para a batalha e sair 100% ileso. A Bíblia é clara, nenhuma arma forjada prosperará contra ti, ela não prospera, porém ela é forjada. Na guerra e nas batalhas existe sofrimento.

Queridos irmãos, esperamos que vocês reflitam e percebam que Paulo não sofreu porque era um amaldiçoado ou porque tinha pecado, mas porque foi provado. Jesus mesmo o avisou no início do seu chamado: "Convém que você sofra pelo meu nome". Paulo já sabia. E nós? Será que estamos conscientes o suficiente?

Interessante a maneira como Paulo se desvencilhou da perseguição! O grande apóstolo Paulo se livrou de uma das perseguições dentro de um cesto. Enfrentou naturalmente as circunstâncias e usou da inteligência que ele possuía. Não ficou lamentando, porém correu, fugiu; e sua espiritualidade não diminuiu em nada.

Muitos podem perguntar: Por que Deus não o livrou? Por que era necessário que ele sofresse? Não tenho toda a resposta, mais sei que esta é uma das características dos ministérios apostólicos: enfrentar situações que outros não conseguiriam passar.

Veja outros exemplos que não estão na Bíblia, mas que a tradição história registra: André morreu na Macedônia amarrado em uma cruz; Bartolomeu morreu esfolado vivo; Mateus morreu como mártir na Etiópia; Paulo foi decapitado por Nero; Pedro foi crucificado de cabeça para baixo; Simão, o Zelote, também foi crucificado; Tiago, irmão de Jesus, foi morto à espada. Junte-se a esta lista o capítulo 11 do livro de Hebreus, conhecido como a galeria dos heróis da fé, e você perceberá que o sofrimento é parte do chamado apostólico.

Quero concluir este aspecto do chamado apostólico desmistificando: o apóstolo não é um super-homem, mas alguém que dedicará sua vida ao Reino de Deus e à restauração da Igreja; alguém que estará disposto a passar pelos difíceis caminhos que Deus conduz.

10) Operar no sobrenatural de Deus

Obviamente, existe um fluir do sobrenatural poderoso de Deus na vida de um apóstolo que se manifesta por meio de sinais, prodígios, curas e milagres.

> E muitos sinais e prodígios eram feitos entre o povo pelas mãos dos apóstolos. E estavam todos unanimemente no alpendre de Salomão. Dos outros, porém, ninguém ousava ajuntar-se a eles; mas o povo

tinha-os em grande estima. E a multidão dos que criam no Senhor, tanto homens como mulheres cresciam cada vez mais. (Atos 5:12-14)

11) Visão empreendedora e gerenciamento estratégico

O ministério apostólico tem uma visão empreendedora, sempre abrindo novos caminhos e criando novas perspectivas para o Reino. Não se move pelas dificuldades ou crises, mas tem a capacidade de fazer com que as crises se tornem uma oportunidade de crescimento. "Pede-me, e eu te darei as nações por herança e os fins da terra por tua possessão." (Salmos 2:8)

Também tem a capacidade de gerenciar a Igreja de forma estratégica e sobrenatural. Está apto a enfrentar, como bom gestor, as mudanças de patamar que Deus dá em momentos chaves. Isso faz com que a Igreja permaneça no caminho, sempre avançando com firmeza e com segurança, sem sofrer a ação dos modismos que assolam o meio religioso, livrando-a de ciladas. E ainda ganha tempo nas batalhas.

"Assim, pois, as igrejas em toda a Judéia, e Galileia e Samaria tinham paz, e eram edificadas; e se multiplicavam, andando no temor do Senhor e consolação do Espírito Santo." (Atos 9:31)

12) Tempo e experiência de vida ministerial

O ministério apostólico não é feito de neófitos, mas é fruto de uma caminhada longa, de maturidade que somente o tempo e as experiências vividas com Deus podem trazer. Não vem apenas por uma vida em santificação, mas de tempo decorrido mesmo, pois os anos amadurecem as pessoas. Isso, de fato, deve ser levado em conta na hora de colocar pessoas certas nos lugares certos.

Deus tem mostrado que há grande ganho quando alinhamos a sabedoria dos anciãos com a força dos jovens (ver capítulo 11). Um traz equilíbrio para o outro e assim o Corpo de Cristo, a Igreja, vai sendo edificada.

> "Mas longe esteja de mim gloriar-me, senão na cruz de nosso Senhor Jesus Cristo, pela qual o mundo está crucificado para mim, e eu, para o mundo. [...] Quanto ao mais, ninguém me moleste; porque eu trago no corpo as marcas de Jesus." (Gálatas 6:14,17)

CAPÍTULO 9

Resignação

9.

"Em uma guinada assustadora, a pregação da cruz é considerada hoje loucura não apenas para o mundo, mas também para a Igreja contemporânea."

— Steven Lawson

Richard Baxter, em seu livro *O pastor aprovado*, escreveu:

> Assim, a abnegação, a autonegação, é absolutamente necessária a todo cristão. Mas é duplamente necessária ao ministro do evangelho, porque é seu dever ter redobrada santificação e dedicação a Deus. Sem abnegação, nem por uma hora ele poderá servir a Deus.

Quero dedicar este capítulo a alguns dos mais importantes traços de caráter de um homem apostólico, chamado para o ministério: a abnegação, humildade e tolerância. Abnegação significa renúncia da própria vontade ou dos desejos pessoais e naturais; desistir de muitas coisas.

Nunca vimos tantos pastores que não querem ser incomodados por suas ovelhas; servos que imaginam que podem servir a Deus sem ter de abrir mão de seu conforto, dos seus planos, de suas vidas. Homens e mulheres que se transformam em pessoas mal-humoradas, ríspidas e infelizes porque o ministério está exigindo que abram mão de suas vidas. Honestamente, fico me perguntando se nunca leram Mateus 9:23,24: "Se alguém quer vir após mim, negue-se a si mesmo, e tome cada dia a sua cruz, e siga-me. Porque, qualquer que quiser salvar a sua vida, perdê-la-á; mas qualquer que, por amor de mim, perder a sua vida, a salvará" ou se nós erramos na comunicação do chamado e/ou na formação destes pastores e líderes.

Se for esse caso, acredito que temos que parar aqui e pedir perdão à nova geração se passamos a ideia ou a imagem de que chamado e envio de Deus estão conectados de alguma forma a glamour, fama, poder e dinheiro. Não existe qualquer precedente bíblico para isso. Jesus Cristo, nosso sumo pastor e exemplo, em nenhum momento fez coisa alguma que pudesse associar sua missão a um desses estereótipos. Fez justamente o oposto.

A resposta ao chamado de Deus inclui uma resignação total. Eu tenho cinco netinhos e a minha alegria é estar com eles, mas o meu chamado continua a dominar a minha vida e está em primeiro lugar e antes de tudo. Eu, definitivamente, não gosto de andar de avião, mas tenho voado mais que pássaro para realizar a obra fora da minha zona de conforto.

Em Goiânia, temos uma estrutura muito bem organizada, mas as pessoas não conseguem falar conosco, pois é muita gente. Em São Paulo, por outro lado, temos um rebanho menor e por isso conseguimos voltar à simplicidade do evangelho. O ministério tem que voltar sempre à simplicidade. A tendência do ser humano é aceitar a posição de conforto, especialmente se você está em evidência e não está arriscando. Ministério não é confortável. Se você quer continuar na zona de conforto, melhor não pensar em ministério. Existem tantas outras coisas que se pode fazer e ser abençoado. Ministério nos desafia a sair da zona de conforto constantemente.

Jesus foi claro com Pedro:

> Caminhando junto ao mar da Galiléia, viu dois irmãos, Simão, chamado Pedro, e André, que lançavam as redes ao mar, porque eram pescadores. E disse-lhes: Vinde após mim, e eu vos farei pescadores de homens. Então, eles deixaram imediatamente as redes e o seguiram. (Mateus 4:18-20)

Outro discípulo disse a Jesus: "Senhor, permite-me ir primeiro sepultar meu pai. Replicou-lhe, porém, Jesus: Segue-me, e deixa aos mortos o sepultar os seus próprios mortos" (Mateus 8:22). A prioridade é o chamado.

A resignação inclui a crucificação da vontade. Jesus disse: "A minha comida consiste em fazer a vontade daquele que me enviou e realizar a sua obra" (João 4:34). Ele também disse: "Pai, se queres, passa de mim este cálice; contudo, não se faça a minha vontade, e sim a tua" (João 22:42).

Somos chamados para ser servos e não para ter posição ou status. A morte do eu e da vontade vai me levar a não me encantar com uma posição ou cargo. O Senhor vai me colocar na posição que Ele quiser. Já ouvi pessoas dizendo: "eu estou me consagrando para ser um profeta, estou me consagrando para ser mestre, estou me consagrando para ser enviado para começar uma grande obra". A característica do homem chamado por Deus deve ser outra. Ele se consagra para ser servo e o Senhor da obra define a posição em que ele deve ficar.

Você terá o suficiente

A resignação inclui ter a consciência de que o ministério não existe para enriquecê-lo. O ministério é para servir ao Senhor, e Ele me dará o suficiente, mas não para acumular riquezas. Enquanto alguém que não tem um ministério pode receber esse dom e se tornar rico, o ministro do evangelho, não. É claro que existe um patamar de prosperidade, mas vai viver para servir ao Senhor e não se deixar fascinar pelo poder e pelas riquezas.

E temos que tomar muito cuidado com isso, pois existe uma linha tênue do ponto de vista de imagem entre o mercenário e o que teve o ensino errado. O mercenário tem a motivação e os propósitos malignos. É o ladrão e salteador que não entra pela porta, seu objetivo é a manipulação das ovelhas.

Aquele que teve o ensino errado acha que primeiro tem que definir o salário antes de aceitar o chamado. Não. Primeiro tem que definir se ele tem, de fato, um chamado, se é vocacionado. Hoje, ser chamado para algumas pessoas é um sacrifício, um peso, mas o plano de Deus não é esse. O chamado é um privilégio. E aquele que verdadeiramente é chamado por Deus tem prazer no que faz e entende o nível de resignação exigido. Quem enxerga como peso, provavelmente, não tem o chamado.

Mas retornando à questão financeira, não somos chamados para sermos ricos, para sermos servidos, para aspirarmos ao aumento do poder aquisitivo ou realizar nossos sonhos materiais. Somos chamados para cumprir o projeto de Deus na terra.

Resignação inclui não se deixar fascinar por fama e poder. O ministério tem que ser trabalhado por Deus ao ponto de não se encantar com o "brilho das pedras", com o sucesso, como aconteceu com Lúcifer.

> Ora, se Deus pôs para fora um anjo orgulhoso tampouco tolerará um pregador orgulhoso. Na verdade, o orgulho está na raiz de todos os outros pecados: a inveja, o espírito belicoso, o descontentamento e todos os obstáculos que impedem a renovação espiritual. Onde há orgulho todos querem dirigir e ninguém quer seguir e concordar. Em razão disso, o orgulho é causa de cismas, apostasias, usurpação arrogante e outras formas de imposição. É também a causa do ministério ineficaz de tantos e tantos ministros que pura e simplesmente são demasiadamente orgulhosos para aprender. (*O pastor aprovado*, Richard Baxter)

Só uma pessoa quebrantada, que conhece a dor e o sofrimento, não se ilude com o sucesso do ministério e trata as outras de forma benigna. O que acontece hoje é que as pessoas começam a ter alguma visibilidade e se encantam consigo mesmas, com o poder e com a fama. O ministério não pode se encantar com a unção e nem com a manifestação do poder de Deus. Para não cair nesta vala, terá que ser trabalhado por Deus, terá que deixar Deus levá-lo pelo caminho do quebrantamento.

O caráter de um servo de Deus precisa ser semelhante ao caráter de Jesus. "[...] aprendei de mim, porque sou manso e humilde de coração; e achareis descanso para a vossa alma." E mais:

> Nada façais por partidarismo ou vanglória, mas por humildade, considerando cada um os outros superiores a si mesmo. Não tenha cada um em vista o que é propriamente seu, senão também cada qual o que é dos outros. Tende em vós o mesmo sentimento que houve também em Cristo Jesus, pois ele, subsistindo em forma de Deus, não julgou como usurpação o ser igual a Deus; antes, a si mes-

> mo se esvaziou, assumindo a forma de servo, tornando-se em semelhança de homens; e, reconhecido em figura humana, a si mesmo se humilhou, tornando-se obediente até à morte e morte de cruz. (Filipenses 2:3-8)

O amor de quase todos esfriaria

Além da grandiosa abnegação, existem aquelas menores e que talvez sejam as mais difíceis. Por exemplo, seus domingos não serão como os de outras famílias. Suas férias e seus feriados também. Você terá que desistir de muitos finais de semana na praia. O cinema com a esposa ou com os filhos ficará escasso. Seus Natais e fins de ano, muito provavelmente, serão comemorados na igreja na companhia de pessoas solitárias e problemáticas. As noites também não serão mais suas. O chamado estará em primeiro lugar.

O chamado deve ser traduzido no cuidado e amor pelos perdidos e pelos filhos de Deus que estão em processo de formação. Toda abnegação ou resignação se traduz em deixar de cuidar da nossa vida para cuidar, acolher, amparar, aconselhar, curar, animar, exortar os outros. Entretanto, como previu Jesus, o amor dos próprios pastores vem esfriando. É impressionante e notória a falta de amor e de tolerância dentro dos próprios ministérios. As pessoas não suportam mais umas às outras. Mas uma vida é um projeto a longo prazo.

Estamos envolvidos com tecnologia de tal forma que achamos que podemos resumir a formação, acompanhamento ou aconselhamento a mensagens trocadas pelo *WhatsApp*. Ou então, para cumprir uma lista de tarefas, escutamos a ovelha por 10 minutos e a liberamos crendo que fizemos a nossa parte. E ainda existem os líderes que selecionam: "Aquela pessoa não quer nada com nada. Nem vamos perder tempo com ela" dizem. Isso está longe de ser parte da visão apostólica para o chamado pastoral.

A questão é que o amor pastoral precisa ser o mais longânime possível, pois muitas vezes todo seu esforço não será reconhecido e nem recompensado pela ovelha ou pelo irmão. Mesmo assim, a Palavra de Deus não nos autoriza a desistir, julgar, romper vínculos, não atender, bloquear nas redes sociais ou riscar do caderninho.

Lançando mão dos escritos de Baxter, mais uma vez, ele resumiu:

> Temos que suportar muitos abusos e ofensas daqueles a quem estamos fazendo o bem. Depois de termos dado bastante atenção à situação deles, depois de termos orado e suplicado com eles e por eles, depois de os termos enaltecidos e de nos termos desgastado por eles, ainda precisamos ter mais paciência. Ainda podemos esperar que, depois de ternos olhado para eles como se fossem nossos próprios filhos, alguns nos rejeitem com escárnio e até nos odeiem e nos desprezem. Lançar-nos-ão desdenhosamente em rosto a nossa bondade e nos verão como seus inimigos. Farão isso simplesmente porque lhe dissemos a verdade.
>
> Sim. Quanto mais os amarmos, mais nos odiarão. Tudo isso tem que ser aceito por nós e ainda precisamos desejar inabalável e infatigavelmente fazer tudo o que for bom para eles. Precisamos persistir em instruir com mansidão os que se opõem aos seus próprios interesses superiores. Deus poderá levá-los ao arrependimento. Mesmo quando eles menosprezarem e rejeitarem o nosso ministério e nos man-

darem cuidar de nossa própria vida devemos continuar cuidando deles com perseverança, desde que estamos tratando de pessoas desnorteadas que rejeitam seu médico. Não obstante, devemos persistir na busca de sua cura. É deveras indigno um médico que se retira apenas por causa do linguajar do paciente.

Ministério não pode excluir ou selecionar pessoas, não pode elitizar seu rebanho. Existem vários tipos de elitização, por exemplo, rejeitar pessoas com problemas mais obtusos (prostitutas, drogados, moradores de rua etc.). Aquele que é chamado para o ministério não tem esse direito. Essa intolerância por parte dos ministérios na pregação e na ação pastoral é indesculpável. Um ministério sadio não é assim, porque o líder apostólico sabe diferenciar pecado e o pecador.

Ministério sadio não tem medo de receber o viciado, o corrupto, o adúltero. Jesus vivia comendo com os publicanos. Jesus jantou na casa de Zaqueu, Jesus teve seus pés lavados por uma prostituta. Os preconceitos têm que ser extirpados do meio da Igreja.

Os líderes que não querem lidar com os pecadores são inseguros e têm medo de se contaminar. Mas Jesus convivia com todos e, preferencialmente, estava acompanhado de pecadores. Mas o espírito da religiosidade exclui o perdido.

Abraão custou para entender que Ló não deveria andar com ele, mas existem lideranças que antes de saber, discernir, andar todas as milhas, já quer se livrar das pessoas. Alguns estão tão intolerantes que não é raro ouvir: "A Igreja está muito melhor sem fulano ou sicrano". Uma ideia estapafúrdia: tirar os problemáticos para a Igreja ficar bem. Oras! A Igreja é lugar de gente problemática mesmo.

Início equivocado

Normalmente, atribuímos responsabilidade e até ungimos as pessoas porque são boas de serviço e por necessidade da própria obra, mas não deveria ser assim. É preciso ungir e reconhecer as pessoas por outros critérios: no tempo de Deus e pelo chamado e ministério de cada um.

Muitas vezes, aquele que foi separado como pastor é um excelente diácono, mas não tem chamado pastoral. Exige-se que ele tenha postura e uma ação pastoral, mas isso não acontecerá porque ele não foi chamado. Eles não têm ovelha porque não são pastores, mas gostam do título. O culpado não é ele, somos nós. Às vezes, a pessoa está no primeiro amor, realizando a obra e recebe um título. O resultado é que esta pessoa não vai se desenvolver no ministério e nem conseguir amar as vidas. O problema não é falta de resignação, é a direção errada.

E, por fim, gostaria de falar sobre a resignação até as últimas consequências. O chamado dura a vida toda. Não se tira férias do chamado, nem existe aposentadoria. Pode até optar por um momento sabático para revisão e reflexão, mas parar, nunca. Vamos analisar a vida do grande profeta Elias. Será que o plano de Deus era que ele parasse naquele momento em que se sentiu cansado e oprimido por Jezabel? Eu penso que não. Mas, aparentemente, ele se cansou, ficou desmotivado, entrou na caverna e deixou de enxergar o plano macro de Deus. Começou a dizer que só ele estava realizando a obra. O Senhor, então, dá orientações claras para que ele passe o bastão a Eliseu.

Costumo dizer: cada ministério tem um Eliseu em seu calcanhar. E isso é saudável. É só dar uma olhada para trás. As pessoas que ficam intolerantes, que perdem a simplicidade da ação ministerial, que não querem sair da zona de conforto, quando menos se derem conta, verão Eliseu em seu lugar. Entre o projeto de Deus e o homem, Deus não pensa duas vezes.

Você tem um chamado e isso vale até o último minuto da sua vida, e o Senhor te desafia e te leva para a zona de confronto dia a dia. Você pode se sentir cansado, você pode reduzir sua velocidade, suas realizações podem ser mais modestas, mas não pare enquanto houver em você fôlego de vida.

CAPÍTULO 10

Harmonia entre gerações — combatendo as divisões

10.

"[...] o cristianismo superou a dificuldade de combinar furiosos opostos mediante a manutenção de ambos, cada um com a sua fúria."

– G.K.Chesterton

Saber lidar com gerações diferentes e uni-las em um único propósito é uma tarefa apostólica e algo de que a Igreja carece urgentemente em nossos dias. O desafio é unir pessoas com interesses e motivações, aparentemente, antagônicos e evitar divisões, pois com a casa dividida a Igreja não prospera. É claro que existem várias causas que fomentam as divisões, mas queremos tratar aqui de algo que boa parte das lideranças não tem entendido: como fazer as diferentes gerações que estão nas igrejas trabalharem juntas de modo cooperativo e de forma a promover a expansão do Reino e não o seu retrocesso.

Observe o que escreveu o profeta Isaías: "Os teus filhos edificarão as antigas ruínas; **levantarás os fundamentos de muitas gerações** e serás chamado reparador de brechas e restaurador de veredas para que o país se torne habitável." (Isaías 58:12)

A Igreja apostólica foi chamada para levantar os fundamentos de diferentes gerações. Mas que tarefa seria essa? Estabelecer bases seguras para que todos se desenvolvam e cresçam plenamente e de forma segura, sem acepções ou facções, sem que nenhuma seja privilegiada em detrimento da outra.

Por exemplo, atualmente, temos ouvido falar e até glorificar as gerações Y e Z — que dominam e se adaptam a qualquer avanço tecnológico — de suas características, o que e como compram, como educá-los, como se comunicar com eles, etc. Mas nossa preocupação não são os novos "consumidores' que frequentam as igrejas: são todas as gerações que se inter-relacionam no universo cristão.

Para começar a tratar deste tema, vale a pena destrinchar e definir algumas gerações segundo o conceito de autores da atualidade, como Ron Zemke ou Weingarten:

Veteranos — nascidos entre 1922 e 1943 — valores: família, lealdade e moralidade; liderança autoritária; estilo conservador; pensamento lógico; comprometimento;

Baby boomers — nascidos entre 1943 a 1960 — valores: vaidade, valorização de status e ascensão profissional, *workaholics*. Condicionados ao trabalho em equipe, direitos civis (CLT);

Geração X — nascidos entre 1960 e 1980 — valores: flexibilidade, facilidade com tecnologia, aversão à autoridade, autoconfiantes, mais céticos, mulheres no mercado de trabalho;

Geração Y — nascidos entre 1980 e 1995 — valores: otimismo, aceitam a diversidade, dominam as tecnologias, são multifuncionais;

Geração Z — nascidos a partir de 1996 — valores: conhecidos como geração digital — ligados à alta tecnologia, relações totalmente virtuais, problemas de interação social, acreditam em um mundo de igualdade, sem hierarquias.

Todas essas gerações e toda essa diversidade circulam pelas igrejas e precisam ser percebidas, valorizadas e orquestradas. Não podemos tratá-las da mesma forma e exigir que elas deem os mesmos frutos, tenham a mesma velocidade e respondam da mesma maneira às diferentes demandas, mensagens ou porta-vozes das igrejas. Também não podemos descartar qualquer faixa etária porque parece não render mais da maneira como precisamos ou esperamos.

Para facilitar a compreensão e tratar especificamente de um problema ainda não resolvido — em muitos casos sequer identificado — vamos dividir essa população em três camadas e nos concentrar nas pessoas que já trabalham nas igrejas e já têm ministérios.

De 15 a 30 — grande força de trabalho e rejeição aos mais velhos

De 15 a 30 anos, encontramos um grupo de pessoas que está debaixo do mover do Espírito Santo e vivendo o 'primeiro amor', de modo que a força da adolescência e da juventude multiplica o poder de realização e de conquista de forma exponencial dessa população. Eles possuem uma gana de alcançar seus sonhos e de ganhar as nações para Cristo. Portanto, é a geração que mais se destaca, naturalmente, em termos de avanço.

E qual a tendência dessa geração? Rejeitar os mais velhos. Para eles, os mais velhos não têm mais o "pique", a "pegada" que eles imaginam só pertencer a eles. A tendência é ver e valorizar apenas o que eles estão fazendo. E o que aconteceu no passado? Nas igrejas tradicionais? Quando esses jovens despontavam, os mais velhos não davam espaço e podavam suas iniciativas. A desmotivação vinha e esses jovens se afastavam da vida ministerial ou abriam suas próprias igrejas. Muitos ministérios neopentecostais e para-eclesiásticos começaram a existir a partir desse conflito. O jovem não tinha espaço para desenvolver o ministério dele na Igreja e, por consequência, muitas igrejas se dividiram.

Qual o papel do ministério apostólico diante deste cenário? Enxergar e valorizar a força, os sonhos, a esperança, a expectativa dessa geração de 15 a 30 e canalizar tudo isso debaixo do propósito eterno de Deus.

Essa é a missão maior do ministério apostólico: olhar para um jovem e não ver apenas o entusiasmo natural da juventude, mas ver o que Deus está fazendo, genuinamente, na vida dele e trazê-lo para um contexto de ministério como Corpo e que ande em harmonia com as outras faixas etárias.

Geração de 30 a 60 — o perigo da desilusão

A geração de pastores, presbíteros e ministros entre 30 e 60 correm um grande risco: a desilusão ministerial. Estamos falando de pessoas que viveram intensamente a fase da juventude servindo a Cristo com toda dedicação, mas acabaram se desiludindo com as estruturas eclesiais, com as falhas das lideranças, mas especialmente porque colocaram uma grande expectativa no mover de Deus, mas no tempo que eles achavam que as coisas deveriam acontecer. Só que Deus não anda de acordo com o *chronos*, com o tempo humano.

O tempo passou e estes homens perceberam que seus planos e suas expectativas não se cumpriram. Muitas vezes por se tratarem de expectativas equivocadas, mas também porque não foram orientados e aproveitados da maneira correta em seus talentos e reais potenciais. Salomão diz que "a esperança que se adia faz adoecer o coração" (Provérbios 13:12). Por não verem seus sonhos ministeriais cumpridos naquele período, entraram em uma fase de desilusão com o propósito de Deus.

Continuam no ministério, mas se refugiaram em uma zona de conforto por não terem alcançado os objetivos no tempo que eles idealizavam. Essas pessoas estão nas igrejas e precisam ser desafiadas e orientadas para voltar a acreditar no propósito de Deus. São ministérios preciosos, mas preferiram a zona de conforto. Muitos deles têm igrejas de 200 a 300 membros; conseguem manter a igreja, estão criando a família, vão às conferências, concordam com tudo o que é falado, mas eles não têm mais ânimo para ir para a zona de confronto.

O ministério apostólico tem que ser a voz a chamá-los, incentivá-los, desafiá-los.

Essa geração de 30 a 60 tem a tendência de desprezar a primeira geração porque, na mente deles, é muito recente o que passaram. "Isso aí é entusiasmo e daqui a pouco vão viver a mesma coisa que eu vivi. Eu sou vocês amanhã", dizem. Eles têm a tendência de desprezar os jovens, e aí residem os conflitos. Olham com ceticismo para todo aquele entusiasmo do "vamos tomar o Brasil pra Jesus agora, vamos tomar as nações agora".

Esta é a geração com maior tendência a deixar o chamado, porque começa a visualizar também as coisas naturais, adquire necessidades que não tinha quando jovem e se desvia do foco principal. Agora, estão casados, com filhos, com outras responsabilidades.

Em muitos casos, a situação é mais complicada: eles chegam ao ponto de ter de cumprir com suas responsabilidades como chefes de família, pais, maridos, mas não se prepararam para isso, não se qualificaram profissionalmente porque pularam etapas. Não é raro ouvir: "Quando eu deveria ter estudado e feito uma faculdade, estava dedicando minha vida ao ministério e a estudar a Bíblia. Agora que preciso sustentar minha família, a igreja não me dá nada e não consigo me recolocar no mercado de trabalho. O que eu ganhei com isso?" Esse homem vai tentar recuperar o tempo perdido e tirará o foco do melhor que Deus tem para ele. A questão é que ele deveria ter sido mais bem orientado lá atrás, quando jovem, com uma visão ampla do propósito e de como conduzir sua vida.

A Igreja não é lugar de enriquecer, mas lugar de consagração e de dedicação. O ministério apostólico deve orientá-los a cumprir suas responsabilidades naturais, não queimar etapas, mas também não perder o foco do seu chamado e propósito.

Por exemplo: você pode ser o melhor médico do melhor hospital do país, mas sua profissão não pode ser maior que seu chamado. A excelência do natural encanta. Muitos se afastaram porque chegaram à seguinte situação: enquanto tiveram suas expectativas frustradas na vida ministerial, viveram uma realização profissional com reconhecimento e retorno financeiro. Resultado: abandonam o chamado e se voltam com todas as forças para a vida profissional.

O ministério apostólico tem que trabalhar nessa geração para que ela consiga se realizar em outras áreas da vida sem perder o foco do seu chamado, compreendendo que o tempo de

Deus é diferente e o propósito eterno é muito maior que qualquer questão pontual e de realização ou prazer individual.

Geração dos 60 em diante — cansaço embotando a sabedoria

A geração de 60 em diante é uma geração madura, mas de certa forma limitada por um desgaste natural, seja físico, emocional ou espiritual. Como conviver com isso? Mostrar para o jovem que ele deve valorizar a experiência dessa geração — o ministério apostólico deve trazer essa conscientização. O jovem vai olhar para o ancião, mas não como decadente, e sim como força de sabedoria que vai ajudá-lo a tomar as decisões mais acertadas. E a pessoa mais velha vai olhar para o jovem e compor com ele uma parceria para a vida: "eu preciso dessa força."

Precisamos desta orquestração para que haja cooperação. Se o ministério apostólico não fizer isso nós vamos continuar dividindo igrejas. E quando o indivíduo passar dos 30, vai enfrentar os mesmos problemas; quando chegar aos 60 vai estar pensando em jubilar, parar, porque perdeu a força.

O ministério apostólico tem que colocá-los para trabalhar juntos e colocar visão e intensidade de trabalho no coração deles; cada um na sua função, cada um consciente do seu valor ministerial.

Conectando as gerações

Certa ocasião, estava conversando com um grande empresário e ele me disse:

— Coloquei meu filho no cavalo. Ele está assumindo a direção das empresas, só que eu estou andando do lado dele. O arreio está na mão dele, mas estou andando ao lado.

— Isso mesmo. Você pode contar com a força do seu filho, mas seu filho não tem sua experiência. Ele precisa de você — respondi.

É assim que as gerações devem se conectar: andando juntas, de forma cooperada, aproveitando as forças de todos e cobrindo as fragilidades uns dos outros. Nada de conflito por pura competição, necessidade de aprovação ou intolerância.

Deixe-me dar um exemplo bem simples. Nos EUA, atualmente, estão pintando as paredes das igrejas de preto e adotando uma iluminação mais parecida com as dos teatros de que dos templos. O que isso contribui para o crescimento espiritual das pessoas? Nada. Mas se isso contribuir para atrair as novas gerações, qual o problema? Se as gerações mais velhas não tiverem essa maturidade, compreensão e capacidade de adaptação, as divisões vêm e perdemos o projeto de Deus. Por isso, a Igreja não cresce. Quantas pessoas saíram das igrejas e abriram os seus próprios ministérios, mas não era a direção e o tempo de Deus?

Orquestração apostólica

Como orientar e orquestrar todas essas gerações?

No caso dos mais novos, a autoridade apostólica deve explicar que existe tempo para todas as coisas, inclusive para se qualificar profissionalmente e ter uma carreira, mas nem por isso se deve perder o foco do chamado. Também deve orientá-

-los a tomar cuidado com a arrogância típica da juventude e a valorizar a experiência dos mais velhos.

Veja como esta história ilustra bem isso:

Um empresário me contou que o filho se formou nos EUA e passou a ser o CEO — *Chief Executive Officer* — das empresas da família. Um dia, o filho lhe perguntou:

— Como o senhor construiu todo esse império fazendo tudo errado?

— Acho que foi sorte - ironizou o pai.

Os jovens perguntam: "Como vocês conseguiram abrir tantas igrejas fazendo tudo errado?" Isso é típico da juventude e deve ser canalizado de maneira certa e não encarado como competição e inimizade.

Já no caso dos mais velhos, o caminho é motivá-los a retomar o foco da vida ministerial e espiritual, superando os conflitos e traumas, atuando em harmonia com as outras duas gerações. O pensamento deve ser: "Vamos ver quem está antes e depois de mim e vamos trabalhar juntos."

O que une essas três gerações?

1) **Visão**. Hoje, o que move o ser humano é a visão. Por exemplo, teologicamente falando e do ponto de vista de cura das emoções e de resolução de problemas, existe uma série de opções de cursos presenciais e virtuais muito bons em diversas igrejas. Uma pessoa com seu smartphone consegue ouvir uma boa ministração em qualquer parte do mundo. No entanto, o que motiva hoje é a visão. O que pode unir ministérios é uma visão cristalina do propósito eterno de Deus.

2) **Homens e mulheres que serão modelos a serem seguidos, não celebridades.** Meninos de 15 anos também querem pregar em grandes cultos; é como o menino que quer jogar na Seleção Brasileira. As motivações humanas são assim, só muda o cenário, o palco. Alguns querem ser uma estrela gospel ou um apóstolo porque os enxergam como um tipo de celebridade evangélica. Mas isso não é um modelo.

Por exemplo, se eu fosse um pai de família, não evangélico e racional, com cinco filhos pequenos e estivesse buscando uma igreja onde criar meus filhos, a primeira coisa que eu iria olhar seria o caráter do pastor e a família do pastor. Não olharia se ele prega bem, se faz gracinha (porque tem pastor que mais brinca do que prega).

Muitos servos de Deus, depois de ficar atrás de entusiasmo, querem seguir algo sólido, alguém que seja um referencial e um pai espiritual. "Pode não ser uma grande estrela, mas tem um grande caráter e eu tenho com quem aprender e alguém para me inspirar", pensam. Somente desta forma é possível um apóstolo de 40 anos dar cobertura espiritual a pessoas de 60, 70 anos: porque ele tem um caráter irrepreensível e é um grande exemplo de integridade e fé.

3) **Palavra de motivação de fé, ação profética.** O ser humano precisa ser estimulado, senão para e desanima. Atendi um empresário muito rico que estava em depressão, aproximando-se da aposentadoria. Eu disse que ele não deveria parar, pois produziu a vida toda, e que não

conseguiria ficar três meses descansando sem se deprimir. A palavra de motivação profética é o que desperta as pessoas para entenderem que não nasceram só para criar netos, por exemplo, que existe vida além dos netos e dos filhos.

Por exemplo, algumas mulheres descobrem que elas não são apenas mães e avós com 70 anos, porque os netos não ligam mais para elas, e nem os filhos.

Conforme já mencionado, Deus não queria que Elias parasse no momento em que ele pediu a morte. Só que ele virou para Deus e disse: "Basta! Eu fiquei só." Ele se voltou para os seus traumas e deixou de enxergar com a visão celestial. Ele sabia das potestades que estavam por detrás de Jezabel, mesmo assim ele não suportou a pressão e começou a reclamar: "Só eu fiquei, Senhor." Não conseguia enxergar mais o bom futuro pelo cansaço físico, emocional, ministerial.

Obviamente, não foi só Elias que viveu esse tipo de crise gerada pelo desgaste. Muitos, nesse momento, estão pensando: "Depois de tudo, ainda vou ter que passar por isso novamente? Não quero. Não aguento."

Elias pediu a morte e Deus o atendeu, porque para Deus nós somos especiais, Ele nos ama profundamente, mas não somos imprescindíveis, nem insubstituíveis. Acima de tudo está o propósito eterno. Entre o homem e a Igreja, Deus ficará com a Igreja.

4) **Valorização e reconhecimento entre os ministérios.** Chega um momento em que é preciso reconhecer o mi-

nistério do outro ao meu lado e valorizá-lo. O rei Uzias começou a reinar com 16 anos, fez grandes reformas. Um dia, ele chega ao templo para queimar incenso no altar, mas o sacerdote Azarias não permite, porque rei deve reinar e quem oferece incenso e sacrifícios é o sacerdote (2Crônicas 26:16-21). A função do profeta era uma, do sacerdote era outra e do rei, outra.

Alguns ministérios alcançam tanto sucesso e tanto poder que muitos líderes começam a andar no "brilho das pedras" e acham que podem tudo sem depender ou valorizar o outro. A Bíblia diz que Lúcifer andava no brilho das pedras (Ezequiel 28), isto é, o sucesso no caminho. Mas sejamos realistas: quem traz o sucesso é Deus e quem recebe a glória é Deus. O perigo é que o poder cega o entendimento e muitos líderes não conseguem ver os limites que Deus coloca.

Uzias não viu que ele era rei e não sacerdote. Eu sou apóstolo, mas vou olhar para o profeta, valorizá-lo e reconhecer que Deus deu um dom para ele, e tenho que respeitá-lo. Esse reconhecimento e valorização vão manter os ministérios unidos e todos se sentirão valorizados.

Acreditamos que essas são chaves apostólicas para um ministério que deseja orquestrar e unir as diferentes gerações. Isso exige muito mais que conhecimento teórico, mas uma aplicação prática no dia a dia da Igreja, um esforço de amor e sabedoria, além de persistência para não desistir diante das oposições e resistências às mudanças.

Richard Baxter escreveu:

> Deve-se dar leite antes do alimento sólido. Devemos lançar os alicerces antes de começar a construir. As crianças não devem ser tratadas como se fossem gente adulta. As pessoas devem ser introduzidas num estado de graça antes de esperar que pratiquem as obras da graça. (*O pastor aprovado,* Richard Baxter)

Sem um olhar mais atento para essas gerações, sem observar suas necessidades, dores, como às vezes encontram-se perdidas dentro do próprio ministério, de fato, será difícil contribuir para a restauração da Igreja que trará o Reino de Deus. Precisamos, como reparadores, fechar essas brechas.

CAPÍTULO 11

Cinco, e não quatro

11.

"Ele designou uns para apóstolos, outros para profetas, outros para evangelistas, pastores e mestres."

— Efésios 4:11

Não existe restauração da Igreja sem a restauração plena dos cinco ministérios apostólicos. Novamente, nesse tema percebemos muita desinformação e paradigmas errados. A verdade é que a Palavra diz que o Senhor estruturou esses ministérios para aperfeiçoamento dos santos e que esse é o modelo a ser seguido, mas a Igreja privilegiou uns em detrimento de outros. O ministério do pastor, claramente, foi o que mais se sobressaiu. O ministério do profeta enfrentou uma descaracterização, ficando ancorado naquelas "irmãs que têm revelações" sobre a vida particular das pessoas, algo totalmente deturpado em relação ao que vemos na Palavra.

Para começar a tratar desse tema é importante diferenciar talento, dom e ministério. O talento é aquela inclinação que nasce com as pessoas, algo inerente a cada um. O dom é uma dádiva de Deus que recebemos como acréscimo em algum momento da nossa caminhada. E ministério é o talento somado ao dom, e tudo isso desenvolvido dentro de um chamado ministerial.

Somente o ministério apostólico tem a capacidade de discernir qual é a operação ministerial de cada um.

Profetas

Como já falamos sobre o apóstolo e as características desse ministério nos capítulos anteriores, vamos falar dos outros quatro ministérios, começando pelo 'profeta'. Nesse caso, é importante fazer uma diferenciação entre dom de profecia, mover profético e ministério do profeta.

Dom de profecia — Veja o que o apóstolo Paulo diz em 1Coríntios 14:1-3:

> Segui o amor e procurai, com zelo, os dons espirituais, mas principalmente que profetizeis. Pois quem fala em outra língua não fala a homens, senão a Deus, visto que ninguém o entende, e em espírito fala mistérios. Mas o que profetiza fala aos homens, edificando, exortando e consolando.

O que o dom de profecia faz? Edifica, exorta e consola. Exortar significa levantar o ânimo, trazer uma direção.

Mover profético — O mover profético sempre existe em uma igreja onde o ministério apostólico está operando. Uma igreja que tem o mover profético traz uma direção profética, seja nas palavras, nas músicas, na oração. Aquela igreja é uma voz profética. É diferente de uma igreja pentecostal que coloca uma ênfase muito forte nos dons de língua e no dom de profecia. Qualquer pessoa que estiver debaixo desse mover profético individualizado, mas com base nas Escrituras, pois o seu "útero" espiritual é aquele, como aconteceu com o rei Saul quando esteve no meio dos profetas.

> Foi dito a Saul: Eis que Davi está na casa dos profetas, em Ramá. Então, enviou Saul mensageiros para trazerem Davi, os quais viram um grupo de profetas profetizando, onde estava Samuel, que lhes presidia; e o Espírito de Deus veio sobre os mensageiros de Saul, e também eles profetizaram. Avisado disto, Saul enviou outros mensageiros, e também estes profetizaram; então, enviou Saul ainda uns terceiros, os quais também profetizaram. Então, foi também ele mesmo a Ramá e, chegando ao poço grande que estava em Seco, perguntou: Onde estão Samuel e Davi? Responderam-lhe: Eis que estão na casa dos profetas, em Ramá.
>
> Então, foi para a casa dos profetas, em Ramá; e o mesmo Espírito de Deus veio sobre ele, que, caminhando, profetizava até chegar à casa dos profetas, em Ramá. Também ele despiu a sua túnica, e profetizou diante de Samuel, e, sem ela, esteve deitado em terra todo aquele dia e toda aquela noite; pelo que se diz: Está também Saul entre os profetas? (1Samuel 19:19-24)

Ministério do profeta — o ministério do profeta existe para contribuir com o ministério apostólico, trazendo direção para a Igreja, cidade e para as nações. Traz uma visão debaixo da autoridade apostólica e não age fora dessa cobertura. É uma contribuição maravilhosa, mas não pode andar sozinho. O que acontece com o profeta, muitas vezes, é que ele é um "sanguíneo" espiritual e precisa da direção apostólica para não gerar misticismo ou incredulidade, que é o que acontece quando as pessoas ficam dependentes de uma palavra profética e deixam de andar pela fé.

No Antigo Testamento, por exemplo, quando o rei era verdadeiramente um homem segundo o coração de Deus, não fazia nada desassociado do profeta e nem do sacerdote. Se o rei e o sacerdote estavam em pecado, o profeta trazia a palavra de exortação, confronto e direção; estava ali para trazer todos de volta ao propósito, como aconteceu com Davi e o profeta Natã (2Samuel 12:1-14).

Por que o ministério do profeta se sobressaiu? Porque não havia apóstolo. E como é essa direção do profeta? É através de mensagens na Palavra, não uma profecia do tipo "Eis que te digo", mas por meio das Sagradas Escrituras.

Evangelistas

Importante dizer que evangelizar é responsabilidade de todos. Evangelização não é dom, é uma ordenança. O ministério do evangelista é outra coisa. São aqueles que Deus separou para as grandes reuniões de milagres que têm por objetivo levar as pessoas a Cristo, acrescentar pessoas ao Corpo. Trata-se de um ministério que precisa ser mais valorizado, direcionado e precisa de tempo para se desenvolver.

Qual o problema do evangelista? Ele não pode estar sozinho. Quando ele tem esse chamado e começa a ver o resultado, crescimento rápido, pessoas chegando, grandes ajuntamentos, cai na tentação de abrir "sua igreja". Passa a exercer outro papel que não é o seu, e o ministério de evangelista para o qual foi chamado fica em terceiro plano e a Igreja para de crescer. Por isso, o evangelista deve estar em sintonia e debaixo da cobertura apostólica.

Pastores

Todos devemos apascentar, acolher bem as pessoas, mas o ministério do pastor é aquele que guia a ovelha. Ele guia e cura a ovelha. É uma missão muito especial de Deus, especialmente neste tempo em que as pessoas estão extremamente doentes em suas almas. Para ele guiar suas ovelhas, ele tem que saber para onde está indo, o que vai acontecer, com a ajuda do apóstolo.

Pastor não exclui, não apaga o pavio que fumega, não quebra o caniço trincado (Mateus 12:20), mas anda no compasso das ovelhas. Direciona debaixo da vontade de Deus com grande responsabilidade.

Tive uma experiência muito forte nesse sentido. Havia um casal em nossa igreja que nós amávamos muito. Um dia, a mulher se abriu e disse que eles não eram casados. O homem havia se separado da primeira esposa para ficar com aquela moça. Eles me perguntaram:

— Nós queremos legalizar a nossa situação. O que devemos fazer?

— Você tem que voltar para a sua esposa; pedir perdão e voltar — respondi.

Recebi um direcionamento claro de Deus para aquela situação, mas eles ficaram com raiva e eu imaginei que tivesse perdido aquele casal para sempre.

Passados seis meses, o filho daquele homem me procurou para me agradecer, pois o pai havia voltado para casa e estava vivendo junto com a primeira esposa. Dois anos depois, aquela moça que estava iludida em uma relação que não agradava a Deus me parou na saída de um dos cultos e disse:

— Apóstolo, você não se lembra de mim, mas eu sou aquela moça e fui liberta daquele relacionamento. — Ela estava totalmente mudada e para melhor.

O pastor não reprime, não humilha, não traz peso e nem desânimo sobre as pessoas. Ao contrário, quando uma ovelha tem um encontro com um pastor verdadeiramente chamado para esse ministério, ela passa por um aconselhamento, por exemplo, e sai outra pessoa.

Guiar a pessoa e recuperá-la é, portanto, o ministério do pastor. A multidão vai atrás da bênção, mas a ovelha vai atrás do pastor.

Mestres

Este ministério tem pouco valor nas igrejas, mas é tão importante quanto o apóstolo. Ele é capaz de traduzir a palavra profética, a palavra empreendedora e colocá-la de uma forma que todo mundo poderá compreender. Uma coisa é ser detentor do saber. Outra coisa é saber ensinar. O mestre sabe ensinar.

Através desse chamado, todos conseguem aprender: o jovem, a criança, o inculto. É muito enriquecedor quando ouvimos um mestre na Palavra. Ele fala coisas profundas de maneira simples, clara e fácil de ser assimilada.

Configuração inicial

De forma resumida, esses são os ministérios que fazem parte da equipe apostólica e que foram levantados para edificar a Igreja. O apóstolo tem a graça de juntar e coordenar pessoas em seus diferentes talentos, dons e ministérios e colocá-las para trabalhar juntas, sem comparações e sem competições.

O propósito é o aperfeiçoamento dos santos, para que não sejam mais como crianças, jogados para todo lado por todo vento de doutrina. Somente nesta configuração será possível à Igreja chegar ao nível da maturidade de Cristo. O resgate dessa configuração inicial dos cinco ministérios é um dos sinais e, ao mesmo tempo, condição essencial para a volta de Jesus Cristo.

CAPÍTULO 12

Maranata!

12.

"Compreendeis a face dos céus e não sabeis discernir os sinais dos tempos?"

— Mateus 16:3

Nós vivemos nas três últimas décadas uma explosão no número de igrejas evangélicas no Brasil. Algumas cidades possuem milhares de congregações e seus moradores poderiam passar um ano inteiro visitando igrejas semanalmente sem repetir uma sequer, se esse for o desejo. O que isso nos diz? Que o evangelho foi pregado a toda criatura e que a Igreja de Cristo já está pronta para receber seu Noivo? Que atingimos o nível de maturidade necessário para a volta de Jesus? Infelizmente, não.

Sabemos que o tempo da volta de Cristo é um assunto exclusivo do Pai, conforme está escrito em Mateus 24:36: "Mas a respeito daquele dia e hora ninguém sabe, nem os anjos dos céus, nem o Filho, senão o Pai". Entretanto, Jesus fala de vários sinais que antecederão sua vinda, como o surgimento de falsos cristos e falsos profetas, guerras, fome, terremotos, tribulação e morte dos cristãos, o amor se esfriando etc. Tudo isso já está acontecendo. Por exemplo, estimativas indicam que 90 mil cristãos foram mortos devido à sua fé em 2016, ou seja, um a cada seis minutos. E entre 500 a 600 milhões de cristãos não podem professar sua fé de modo totalmente livre no mundo de hoje.

Além desses sinais, existem outros. Algumas profecias precisam se cumprir antes do final dos tempos. Como está escrito em Atos 3:21: "É necessário que ele permaneça no céu até que chegue o tempo em que Deus restaurará todas as coisas, como falou há muito tempo, por meio dos seus santos profetas". Vejamos algumas delas:

O Evangelho do Reino deve ser pregado a toda criatura

Jesus disse: "E será pregado este evangelho do Reino por todo o mundo, para testemunho a todas as nações. Então, virá o fim" (Mateus 24:14). Precisamos entender a diferença entre evangelho do Reino e o evangelho que está sendo pregado hoje, o evangelho da conveniência e das facilidades para ter acréscimo de membros nas igrejas.

Isaías 40:3,4 diz: "Voz do que clama no deserto: Preparai o caminho do SENHOR; endireitai no ermo vereda a nosso Deus. Todo vale será aterrado, e nivelados todos os montes e outeiros; o que é tortuoso será retificado, e os lugares escabrosos, aplanados". O profeta Isaías fala que aquele que prega deve chamar as pessoas ao arrependimento, aplanar e endireitar os caminhos.

O conceito de evangelho do Reino de João Batista é o que temos que ter hoje. João exortava:

> Raça de víboras, quem vos induziu a fugir da ira vindoura? Produzi, pois, frutos dignos de arrependimento; e não comeceis a dizer

> entre vós mesmos: Temos por pai a Abraão; porque eu vos afirmo que destas pedras Deus pode suscitar filhos a Abraão. Já está posto o machado à raiz das árvores; toda árvore, pois, que não produz bom fruto é cortada e lançada ao fogo. (Mateus 3:7-10)

O evangelho que traz o arrependimento não está sendo pregado. A restauração da Igreja vai trazer a restauração da autoridade, da veracidade do evangelho do Reino de Deus. Isso se dará quando começarmos a ouvir o evangelho que leva para a cruz, a cruz que traz vida e não morte. Esse é o evangelho da transformação e do arrependimento, da mudança de rota. Enquanto esse evangelho não for pregado, Jesus não voltará.

O ministério profético, juntamente com o ministério apostólico dos últimos dias, tem esta função: levar a Igreja a pregar o evangelho do Reino, trazer arrependimento e regeneração.

Por que a Igreja pregava e imediatamente batizava? Porque as pessoas demonstravam um arrependimento verdadeiro e genuíno. Hoje, as pessoas têm que fazer curso, é um processo de conversão. O evangelho do Reino vai trazer um censo de arrependimento, de dor pelo pecado que hoje não vemos; sentimento e desejo de mudança. E vai gerar uma Igreja com um nível de maturidade diferenciado e não no nível em que estamos hoje.

As nações virão à casa do Senhor, buscando palavra e direção

> Nos últimos dias, acontecerá que o monte da Casa do SENHOR será estabelecido no cimo dos montes e se elevará sobre os outeiros, e para ele afluirão todos os povos. Irão muitas nações e dirão: Vinde, e subamos ao monte do SENHOR e à casa do Deus de Jacó, para que

> nos ensine os seus caminhos, e andemos pelas suas veredas; porque de Sião sairá a lei, e a palavra do SENHOR, de Jerusalém. (Isaías 2:2,3)

Precisamos observar atentamente o que está acontecendo no mundo para ouvir o que Deus está falando. Todas as soluções apresentadas pelo homem para resolver os problemas da humanidade falharam. Por exemplo, o Mercado Comum Europeu, que surgiu como resposta para muitos desafios dos países do bloco, não deu certo como imaginavam e está retrocedendo. A Inglaterra foi o primeiro país a sair e outros estão pensando em seguir o mesmo caminho. Boa parte das soluções econômicas e humanitárias falhou; o trabalho para erradicar a fome não deu os frutos que se esperavam; e as pessoas se frustraram com todas as ações de instituições humanas. Isso tudo é o início do momento em que as nações vão se voltar para a casa do Senhor. Exatamente por isso, a Igreja precisa estar preparada.

Observe Atos 15:16-18:

> Cumpridas estas coisas, voltarei e reedificarei o tabernáculo caído de Davi; e, levantando-o de suas ruínas, restaurá-lo-ei. Para que os demais homens busquem o Senhor, e também todos os gentios sobre os quais tem sido invocado o meu nome, diz o Senhor, que faz estas coisas conhecidas desde séculos.

Essa é mais uma profecia que demonstra que haverá um fluxo de pessoas que se voltarão para Deus. Será a última chance da graça para com a humanidade antes da volta de Jesus. Eles vão perceber, enfim, que a solução está na Igreja. Eles vão perceber que a paz só é possível através dos valores do Reino, por meio da Igreja, e vai haver um grande despertamento antes da manifestação do anticristo. Neste momento, haverá uma grande colheita, então, virá o arrebatamento.

O profeta Amós disse: "Eis que vêm dias, diz o SENHOR Deus, em que enviarei fome sobre a terra, não de pão, nem sede de água, mas de ouvir as palavras do SENHOR" (Amós 8:11). Haverá um despertamento nas nações, fruto da misericórdia do Senhor, e vai produzir um desejo na humanidade de conhecer a Deus. Não está acontecendo ainda. Pelo contrário, as nações estão fartas de si mesmas.

Aumento do pecado e da iniquidade

O apóstolo Paulo, em sua segunda carta a Timóteo, escreveu:

> Sabe, porém, isto: nos últimos dias, sobrevirão tempos difíceis, pois os homens serão egoístas, avarentos, jactanciosos, arrogantes, blasfemadores, desobedientes aos pais, ingratos, irreverentes, desafeiçoados, implacáveis, caluniadores, sem domínio de si, cruéis, inimigos do bem, traidores, atrevidos, enfatuados, mais amigos dos prazeres que amigos de Deus. (2Timóteo 3:1-4)

É inegável que a natureza humana está mais do que nunca dominada pelas hostes espirituais da maldade. A iniquidade não apenas se multiplicou, mas hoje o pecado é louvado. Isso é final dos tempos. E até dentro da própria Igreja é fácil identificar a soberba e a arrogância contadas como virtudes. A desobediência é normal. A calúnia dá ibope e os homens são cruéis e sem domínio de si. O aumento do parricídio e filicídio é assustador. Se o primeiro homicídio cometido no planeta foi irmão contra irmão, agora são pais matando filhos e filhos matando pais.

Outros sinais – a restauração de Israel e a restauração da Igreja

Na parábola das Dez Virgens está escrito: "Mas, à meia-noite, ouviu-se um grito: Eis o noivo! Saí ao seu encontro!" (Mateus 25:6). À meia-noite, os ponteiros do relógio alinham-se. Da mesma forma, os ponteiros do relógio de Deus apontam para a restauração da nação de Israel e para a restauração da Igreja como marcos para a volta de Jesus. À medida que Deus está restaurando a Igreja e implantando o Reino, está restaurando também o Estado de Israel.

Restauração de Israel

Contra todas as probabilidades, no dia 27 de novembro de 1947, a ONU votava a favor da criação do Estado de Israel, e em 14 de maio de 1948, os descendentes de Abraão começaram a retornar a sua terra. Eles foram espalhados entre as nações conforme profecia de Jeremias (29:18,19), mas a mão do Senhor os reuniu novamente em sua terra prometida.

"Tomar-vos-ei de entre as nações, e vos congregarei de todos os países, e vos trarei para a vossa terra." (Ezequiel 36:24)

Outro sinal é a reconstrução do templo (Mateus 24:15; 2Tessalonicenses 2:3-8). O Instituto do Templo, em Jerusalém, tem preparado os artefatos do terceiro templo, inclusive a mesa da proposição, o altar do incenso, as vestes sacerdotais, e treinado os descendentes de Levi para trabalhar no templo. Além disso, as quatro mil harpas necessárias para os levitas louvarem a Deus, como está em 2Crônicas 23:5, estão perto de serem completadas.

O despertamento de Israel para o verdadeiro Messias também vem acontecendo, ainda que lentamente:

> E, assim, todo o Israel será salvo, como está escrito: Virá de Sião o Libertador e ele apartará de Jacó as impiedades. Esta é a minha aliança com eles, quando eu tirar os seus pecados. Quanto ao evangelho, são eles inimigos por vossa causa; quanto, porém, à eleição, amados por causa dos patriarcas; porque os dons e a vocação de Deus são irrevogáveis. (Romanos 11:26-29)

Restauração da Igreja

Na carta aos Efésios, o apóstolo Paulo escreveu:

> [...] como também Cristo amou a igreja e a si mesmo se entregou por ela, para que a santificasse, tendo-a purificado por meio da lavagem de água pela palavra, para a apresentar a si mesmo igreja gloriosa, sem mácula, nem ruga, nem coisa semelhante, porém santa e sem defeito. (Efésios 5:25b-27)

Infelizmente, hoje, a Igreja é repreensível, mas Jesus, o cabeça da Igreja, está trabalhando para apresentá-la a Si Mesmo como gloriosa, sem mácula, sem ruga, santa e sem defeito. E nós temos que nos engajar nessa mesma missão.

Sem mácula: temos que viver aquilo que pregamos. Sem ruga. Ruga é proveniente de falta de vida e representa uma Igreja envelhecida e sem unção; em muitos casos, vemos mais religiosidade e dogmas dentro de algumas igrejas do que a vida do Espírito. O vinho novo tem que ser derramado constantemente.

Não estamos falando, obviamente, de modismos, novas metodologias ou novas formas de gestão, mas de unção derramada.

Santa e sem defeito: a corrupção, prostituição, divisão, confusão, mentira, ódio, competições não podem se abrigar dentro das portas da Igreja. Muitas pessoas tomam a santa ceia odiando o irmão. Isso é falta de temor. Muitos líderes estão mais motivados pelo poder e pelo dinheiro do que pelo amor aos perdidos. Isto é total falta de temor.

A casa de Eli, em 1Samuel 2, recebeu uma profecia duríssima porque permitiu a contaminação no sacerdócio e no serviço no templo. Você acredita mesmo que conosco será diferente? Precisamos conduzir o povo em direção à santidade e não fazer qualquer aliança ou ser permissivos com o pecado, iniquidade e transgressão. Que sua oração seja a de Davi: "vê se há em mim algum caminho mau e guia-me pelo caminho eterno!"

A restauração da Igreja vai se dar pela lavagem por meio da Palavra. Antes da volta de Jesus teremos um avivamento e um retorno à Palavra de Deus. Hoje, temos pouca devoção e pouco amor às Escrituras, mas nos últimos dias as pessoas terão fome e sede da Palavra de Deus. "Irão muitas nações e dirão: Vinde, e subamos ao monte do SENHOR e à casa do Deus de Jacó, para que nos ensine os seus caminhos, e andemos pelas suas veredas; porque de Sião procederá a lei, e a palavra do SENHOR, de Jerusalém" (Miqueias 4:2).

Santidade, unidade, maturidade

Creio que todos concordamos que Cristo não vai voltar para buscar uma Igreja fria, sem poder, sem autoridade e infantilizada. O Espírito Santo está trabalhando para preparar a Noiva do Cordeiro em três aspectos:

1) **Santidade** — vamos ter um avivamento, um despertamento para a santidade, não exterior, mas interior; uma busca pela santidade de Deus e um desejo de ser semelhante a Jesus. A Igreja irá para o altar voluntariamente. Em sua maioria, as pessoas vão para o altar movidas por problemas, por necessidades, mas, como sinal da volta de Jesus, as pessoas terão necessidade do altar, da presença santa de Deus sem esperar nada em troca. O Espírito Santo trará um constrangimento aos corações para que se voltem para Deus em santidade. É um sinal muito forte de que a Igreja vai começar a se separar do mundo.

Por exemplo, em nossa igreja tivemos o caso de um jovem viciado em crack que se converteu e abandonou, definitivamente, as drogas. Ele passou a buscar a Deus com tanta sede e intensidade que seus pais me procuraram revoltados, dizendo que ele havia caído no fanatismo, que o preferiam em sua velha maneira de ser. Absurdo, é claro! Mas o que quero expor é que essa geração vai ser levada a buscar a Deus de maneira tremenda e vai produzir um impacto sobre a terra. Será um divisor de águas.

2) **Unidade** - haverá um despertamento para a unidade. Isso vai começar com a necessidade de os ministérios apostólicos estarem juntos. Uma ação do Espírito Santo vai mover os líderes, e vamos sentir necessidade uns dos outros. Vamos sentir necessidade de complementação ministerial que só o outro pode dar. Isto vai despertar

o povo e as barreiras que nos separam vão cair, como as doutrinas, que ficarão em último plano. O Espírito Santo não só vai despertar as pessoas para essa unidade, mas vai abater e tirar do caminho aqueles que não quiserem a unidade. Não será obra de homens.

3) **Maturidade** – é outro aspecto visível da restauração. Em Efésios 4, Paulo fala da estatura de Cristo. A Igreja precisa atingir essa maturidade para poder apresentar soluções para o mundo. A maturidade da Igreja, inclui, é claro, a de seus líderes, em todos os níveis, com uma palavra equilibrada e de poder. Daniel, mesmo na Babilônia, agia com sabedoria e poder, que são formas dessa maturidade se manifestar.

Somente dessa forma a Igreja poderá servir como parâmetro para as sete áreas de conhecimento que dominam o planeta: economia, educação, política, entretenimento, judiciário, religioso e as comunicações. O domínio dessas sete áreas faz parte do plano de Deus para o Reino, é a expressão de autoridade do Reino. O Reino de Deus tem o poder de contagiar toda a sociedade com seus valores e visão. Observe o que Jesus disse a esse respeito: "O Reino dos céus é semelhante ao fermento que uma mulher tomou e escondeu em três medidas de farinha, até ficar tudo levedado." (Mateus 13:33)

O padrão de Deus para a Igreja é altíssimo e Ele não vai baixar o nível de exigência. O que se vê hoje acontecendo no Brasil? Deus está limpando da nação a corrupção. Não pense que Ele não limpará a Igreja. A Igreja não pode mais errar. O dinheiro, por exemplo, tem que ser colocado no gazofilácio. Isto é, precisa ser tratado com austeridade e a santidade que se exige do que é entregue para Deus. Não importa sua posição ou seu cargo, se é apóstolo, pastor, bispo, Deus vai começar a limpar a Igreja. Jamais seremos perfeitos, mas temos de nos manter dentro dos padrões e valores do Reino, pois o julgamento vai começar pela casa de Deus: "Pois chegou a hora de começar o julgamento pela casa de Deus; e, se começa primeiro conosco, qual será o fim daqueles que não obedecem ao Evangelho de Deus?" (1Pedro 4:17)

Manifestação da autoridade apostólica

A manifestação da autoridade delegada do Senhor à Igreja na terra é o último dos sinais que quero tratar aqui. Essa autoridade delegada vai ser reconhecida pelas manifestações do Senhor nos últimos dias. Nós vamos ver muitos casos como o de Ananias e Safira. Isso vai restaurar o poder da autoridade delegada. Assim foi reconhecida a autoridade e poder da autoridade apostólica. As autoridades civis vão temer as autoridades apostólicas como temiam a Elias, João Batista, Paulo. A autoridade de Deus será expressa por meio de seus servos e isso vai acontecer nos últimos dias.

Jesus passou 40 dias, após a ressurreição, falando sobre o Reino de Deus e preparou os primeiros apóstolos para implantá-lo. Da mesma forma, está preparando agora uma companhia de apóstolos para concretizar e implantar o Reino de Deus. Tenho certeza de que apóstolos estão sendo levantados no mundo inteiro e pessoas estão sendo chamadas para o ministério apostólico. Elas serão instrumentos para restaurar os outros ministérios e trabalhar em uma simbiose com foco na volta do Senhor Jesus.

Espero que esse livro tenha contribuído para o crescimento e a edificação da Igreja na terra. Espero que tenha ajudado de alguma forma a você que tem a visão apostólica e a você que não tem, para que comece a enxergar o ministério apostólico de uma forma bíblica e necessária, a fim de preparar a Igreja para a volta de Jesus. E, se você pensa diferente, tem todo o meu respeito. Maranata!

Este livro foi impresso em 2017, pela
Geográfica para a Thomas Nelson Brasil.
A fonte usada no miolo é Minion Pro
corpo 12,5. O papel do miolo é pólen soft 80g/m²,
e o da capa é cartão 250 g/m².